Barbara Handke
Sommergäste

Das Buch

Wie jedes Jahr beginnt mit dem Sommer die Verwandlung des Hauses von Hubert und seiner Mutter in eine Pension: Die Zimmer bekommen Nummern – von 1 bis 3 – und die Sommergäste reisen einer nach dem anderen in die kleine Pension am Kolk. Während sie die Tage im Garten oder am Meer verbringen, beobachtet Hubert das Geschehen. Aber trotz aller Routine ist in diesem Jahr etwas anders als sonst, denn Huberts Mutter lässt nichts unversucht, ihn unter die Haube zu bringen. Dass Hubert dafür absolut keine Notwendigkeit sieht, macht das Leben für ihn nicht leichter.

Die Autorin

Barbara Handke behauptet von sich, ohne Bücher nicht leben zu können. Sie hat Bücher gelesen, verkauft, editiert, redigiert, gesetzt, vermittelt und geschrieben. Da passt es, dass sie schon seit 2004 in der Buchstadt Leipzig lebt.

Barbara Handke

Sommergäste

Erzählung

edition überland

Der Sommer beginnt. Meine Mutter macht die Fenster in Zimmer 1, 2 und 3 auf und legt die Bettdecken so dazwischen, dass sie nicht zufallen können. Stattdessen fallen aber die Türen der Zimmer 1, 2 und 3 zu, was laut knallt, worüber ich lachen muss, doch meine Mutter sagt, da gibt es nichts zu lachen. Sie macht die Zimmer sauber und muss sich erstmal hinsetzen, dann malt sie die Nummern an den Türen und an den Schlüsselschildern in Rot nach. Ich soll die Farbe auf keinen Fall anfassen, weil sie noch nicht trocken ist. Derweil ist meine Mutter beim Friseur.

Ich füttere meine Goldfische, damit sie schön fett sind, wenn die Gäste kommen. Wenn ich nicht im Zimmer bin, reden bestimmt alle darüber, wie gut ich meine Goldfische ernähre, und meine Mutter wird dann sagen, dass ich sogar eine Familie ernähren kann. Sie möchte nämlich, dass ich bald heirate. Das hat sie sich so in den Kopf gesetzt. Ich könnte wirklich eine Familie ernähren, denn ich arbeite bei der Post. Das heißt, ich muss früh aufstehen und habe den ganzen Nachmittag Feierabend. Jetzt habe ich auch Feierabend und kann mich in den Garten legen und schlafen, was ich wohl mal mache, bis meine Mutter wieder da ist. Sie sieht mich ungern untätig und sagt, das ist ein unschöner Anblick, wie ich auf dem Rasen liege, der eigentlich von mir gemäht werden muss.

Es ist sehr schön, hier zu liegen. Von unten ist es kalt und nass, von oben warm und trocken. Ganz oben im Himmel fliegen ein paar Vögel, die auch gut ernährt worden sind, sonst könnten sie nicht mit den Flügeln schlagen und würden runterplumpsen. Ich halte mir mal lieber die Hände vors Gesicht, damit sie nicht auf mich rauffallen.

»Hubert, was machst du da?« Oje, meine Mutter, da ist sie schon zurück.

»Nichts«, rufe ich, denn vielleicht beruhigt sie das ein bisschen. Dann weiß sie, dass ich nicht tot bin und dass ich noch mit ihr rede.

»Warum hast du denn den Rasen nicht gemäht?«

Weil ich Feierabend habe! – das sage ich nicht, sondern denke es nur, weil sie sich sonst aufregt. Aber was soll ich machen. Ich stehe also auf, um Rasen zu mähen. Aber ich komme nicht weit, denn vorn am Kolk ist Motorengeratter zu hören, was normalerweise eins bedeutet: Wir bekommen Gäste. Denn der Kolk ist eine Sackgasse und hat nur zwei Häuser, das von Eduardo und: unseres. Also nehme ich mir lieber die Gießkanne und tue so, als würde ich vorn die Fliederbüsche wässern. Der Mann, der am Steuer sitzt, parkt vor unserem Haus ein, was einfach ist, weil sonst kein Auto da ist. Es ist ein Opel Kadett B in Braun. Er war schon oft hier, zusammen mit seiner Frau, die auf dem Beifahrersitz sitzt. Sie heißt Vera Olbricht und ist Sekretärin. Er heißt Lutz Olbricht und ist Epileptiker. Sie wurde am 19. September 1941 in Lahr geboren, er am 6. September 1941 in Mannheim. Das habe ich aus der Gästeliste. Er und sie sind Eheleute mit Familienstand verheiratet und sie hieß früher Vera Christina Miller. Jetzt heißt sie nur noch Vera Olbricht und ich finde schade, dass sie gar nicht mehr Christina heißt. Sie ist schön, aber dumm. Meine Mutter sagt, das darf man nicht sagen, doch sie ärgert sich morgens über Vera, weil sie ihr Frühstück nicht isst, sondern nur nach einem Glas Orangensaft fragt. Und meine Mutter lässt sie fragen, jeden Morgen, drei Wochen, einundzwanzig Tage, fünfhundertvier Stunden, dreißigtausendzweihundertvierzig Minuten.

»Hubert, sag den Olbrichts doch Guten Tag!«

Richtig, das habe ich vergessen. »Guten Tag«, sage ich.

Lutz Olbricht vergisst auch, Guten Tag zu sagen, denn er holt schon das Gepäck aus dem Kofferraum und sieht mich gar nicht, aber Vera nimmt meine Hand – die ohne Gießkanne – und hält sie zwischen ihren Händen mit den lackierten Fingernägeln. Sie fragt mich, wie es mir geht und die Frage ist schwer zu beantworten. Jetzt muss ich einundzwanzig Tage lang, fünfhundertvier Stunden, dreißigtausendzweihundertvierzig Minuten lang herausfinden, wie es mir geht. Hätte sie nicht gefragt, hätte ich meine Ruhe gehabt. Vera Olbricht fragt auch meine Mutter, wie es ihr geht, und die sagt: »Fragen Sie lieber nicht.« Ich lasse die Gießkanne bei den Fliederbüschen stehen und mähe Rasen. Wie geht es mir, summe ich dabei. Wie geht es mir gut. Wie geht es mir schlecht. Und so weiter.

Jetzt ist Vera auf dem Balkon. Die Olbrichts haben wieder das beste Zimmer bekommen, das mit dem Balkon, Zimmer 1. Lutz hat es schon letztes Jahr reserviert, sogar mit Anzahlung. Dabei wollten es die Prodscinskis auch mal haben, aber das können sie ja wohl vergessen. Vera raucht eine Zigarette und als sie mich sieht, winkt sie. Ich winke zurück. Sie ist nett, aber dumm und ich freue mich schon, wenn sie ihren Bikini anzieht. Meine Mutter sagt, dass man eben sieht, dass Vera noch kein Kind bekommen hat. Nach dem Kinderkriegen ist man ganz verändert, man sieht aus wie Frau Prodscinski oder so wie meine Mutter, die ja auch einmal ein Kind bekommen hat: mich. Die Frauen, die schon Kinder bekommen haben, sehen aus wie eine andere Spezi als die Frauen ohne Kinder. Finde ich jedenfalls.

Ich mähe jetzt an der Beetkante entlang. Um diese Zeit gibt es bei einigen Leuten Erdbeeren, bei uns aber nicht, weil wir keine Erdbeerpflanzen haben. Meine Mutter liebt Blumen und deswegen haben wir Blumen. Ich liebe Erdbeeren, aber deswegen haben wir noch lange keine Erdbeeren. Wie geht es mir schlecht. Ich mähe ein paar Blumen ab und der Rasenmäher raspelt und wartet dann ein bisschen. Er kann so lange Stiele nicht ab. Wie geht es ihm schlecht. Ich drehe ihn so um, dass er aussieht wie ein Mistkäfer. Die Blumenstiele gucken raus. »Hubert! Mach zügig und stell die Liegestühle hin!« Meine Mutter, wer denn sonst. Also ziehe ich dem Mistkäfer die Beine raus und drehe ihn zurück auf den Bauch. Jetzt mäht er wieder. Als ich fertig bin, hole ich zwei Liegestühle aus dem Schuppen und stelle sie auf den gemähten Rasen in die Abendsonne. Sie haben ein paar Spinnweben, die ich dranlasse.

Als Lutz und Vera drinsitzen, sagt er zu ihr, dass es doch herrlich ist, wieder hergekommen zu sein. Ich glaube, er ist ein Opportunist. Sie sagt nein, sie wäre lieber endlich mal nach Italien gefahren, statt zum zehnten Mal hierher. Er sagt, sie soll mal nicht übertreiben. Sie sagt nichts, er sagt nichts, sie sagt nichts, er sagt nichts und so weiter. Leider hat sie ihr Kleid an, also gehe ich rein. In meinem Zimmer steht die Angel. Ich könnte angeln gehen, schließlich habe ich Feierabend, aber meine Mutter würde es unschön finden, wenn ich angle, obwohl unsere Gäste gerade erst angekommen sind. Sie findet es schöner, wenn ich ihr bei der Arbeit helfe. Also gehe ich zu ihr. Sie bügelt Tischdecken.

Da habe ich eine Idee. Ich frage sie, wie es ihr geht und sie sieht mich natürlich komisch an. »Warum?«, fragt sie und lässt das Bügeleisen auf der Tischdecke stehen. Ich warte, ob sie ein Brandloch macht, aber dann schiebt sie das Bügeleisen gerade noch rechtzeitig von der heißen Stelle weg. Ich sage nichts und immer, wenn ich nichts sage, sagt sie etwas, da sind wir anders als die Olbrichts. Diesmal sagt sie: »Mir würde es jedenfalls besser gehen, wenn du versorgt wärst.« Oje, das wieder. »Wenn ich einmal nicht mehr bin, hast du niemand, der sich um dich kümmert«, sagt meine Mutter, »und eine, die bescheiden und fleißig ist, könntest auch du finden.«

Ich sehe mich mit einer Zeitung im Liegestuhl sitzen und neben mir sitzt eine Frau, die bescheiden und fleißig ist und einen Bikini anhat. »Na gut«, sage ich, weil dagegen ja erstmal nichts einzuwenden ist, aber da lässt sie wieder ihr Bügeleisen stehen und möchte wissen, was ich denn zu unternehmen gedenke. Das Bügeleisen steht da jetzt schon ganz schön lange. Ich kriege ein bisschen Herzrasen davon. Deswegen sage ich »weiß nicht« und hoffe, dass sie kein Brandloch macht.

»Ich weiß es aber«, sagt sie und bügelt die Decke fertig. »Du wirst eine Annonce aufgeben.« Wir legen die Tischdecke zusammen, jeder hat immer zwei Ecken, und dann muss sich meine Mutter erstmal hinsetzen.

Am nächsten Morgen stehe ich 04:10 Uhr auf. Alle anderen schlafen noch. Aber es ist Juni und deswegen schon hell, als ich den Kolk hinuntergehe. Auf dem Feld stehen ein paar Rehe und laufen nicht weg, weil sie sehen, dass ich es bin. Aus Eduardos Haus an der Kreuzung kommt Eduardos Kater und wartet unter der Linde, damit ich ihm fünfzigmal den dicken Kopf streichle. Dann muss ich aber weiter zur Bushaltestelle, die achtundsechzig Schritte hinter der Kreuzung kommt. Bus Nummer 14 ist zweieinhalb Minuten zu spät, sonst verläuft alles normal. Als meine Mutter am Nachmittag fragt, wie mein

Tag war, sage ich »normal«. Aber dann fängt er an, ganz schön unnormal zu werden. Das geht so los: Ich soll Liegestühle für die Prodscinskis rausstellen, die nachher kommen, und gehe zum Schuppen. An einem Liegestuhl sitzt eine fette Spinne. Den nehme ich und stelle ihn raus, neben den von Vera. Sie blättert in einer Zeitschrift. Leider hat sie ein Kleid an, aber es sind auch nur 16,6 Grad im Schatten. Dann hole ich den nächsten Liegestuhl und stelle ihn neben den von Lutz. Auf einmal sagt der etwas zu mir, nämlich: »Ich hab gehört, du kommst bald unter die Haube?«

Ich möchte nein sagen, aber irgendwie klappt das gerade nicht, und ich sage »naja«.

Da sagt er: »Dann ist es mit deinem schönen Junggesellenleben aber vorbei. Gattinnen haben Ansprüche und wollen lieber ans Meer fahren, statt mal auszuspannen.«

Vera liest immer noch in ihrer Zeitung und sagt gleichzeitig: »Erst willst du zum zehnten Mal nach Flakenort und dann nur im Garten herumsitzen. Dabei ist das Meer nur eine halbe Stunde weg.«

»Was willst du am Meer? Es ist kalt!« Er glaubt wohl, sie kann die Temperatur nicht merken. Er ist eben ein Opportunist. »Hubert, würdest du heute ans Meer fahren?«

Normalerweise fahre ich nicht ans Meer, ich wüsste gar nicht wie. Aber *würde* ich heute fahren, ja oder nein? Und wenn was? Es ist schwer, auf diese Frage zu antworten, und ich überlege noch etwas.

Da sagt Vera: »Dann fahre ich eben mit Hubert. Gib mir die Wagenschlüssel.«

Er sagt nichts. Sie steht auf und geht ins Haus und er schielt nach oben zum Balkon, nur mit den Augen, ohne den Kopf zu heben, was komisch aussieht. Es passiert nichts mehr. Ich mache die Schuppentür zu und überlege, ob ich angeln gehe, auch wenn meine Mutter das unschön findet. Also gehe ich rein, um die Angelsachen zu holen, da kommt Vera die Treppe runter, mit einem Korb voller Strandsachen und dem Schlüssel. »Komm mit«, sagt sie und ich sage nichts, komme aber mit.

Auf dem Fahrersitz sitzt sie, auf dem Beifahrersitz ich. Das Auto ist von innen auch schön. Ich kurbele das Fenster runter und halte den Kopf raus. Vera Olbricht lacht. Sie hat jetzt viel bessere Laune als eben und sagt sogar: »Du bist meine Rettung, zum Glück bist du nicht so ein Stiesel wie mein Göttergatte!« Stiesel und Göttergatte muss ich nachher auf meine schwierige Wörterliste schreiben. Ich habe nämlich eine Liste für schwierige Wörter, die ich auswendig lerne. Zum Beispiel Arbiter Elegantiarum, und ich frage jetzt mal Vera, ob sie weiß, was ein Arbiter Elegantiarum ist und sie sagt nein. Aber es macht nichts, dass sie ein bisschen dumm ist, und ich sage: »Das macht nichts, Frau Olbricht.«

Sie sagt: »Vera, du kannst doch Vera sagen.« Also sage ich Vera.

Die Fahrt ist nicht lang, nur wie einmal zur Post und zurück, also insgesamt achtundzwanzig Minuten. Am Strand sind nicht sehr viele Leute. Vera stellt ihren Korb unweit vom Wasser hin und setzt sich direkt daneben. Ich setze mich auch daneben, aber genau auf die andere Seite. Wir ziehen uns beide die Schuhe aus, sie ihre und ich meine, und dann merke ich, dass es sehr schön ist, keine Schuhe anzuhaben. Es ist richtig lau und lind. Ich schmeiße mich in den Sand und der Wind kitzelt meine Fußsohlen, als wenn ich in eine Posaune getreten wäre, die gerade benutzt wird. Deswegen muss ich lachen. Wie geht es mir gut! Vera muss auch lachen und rennt herum. Wie eine Irre rennt sie herum! Sogar bis ins Wasser, dabei hat sie ein Kleid an. Da renne ich auch ins Wasser, dabei habe ich Hosen an. Das Wasser ist sehr kalt an den Knien, und ich habe kurz Angst, dass ich auf einen Fisch trete. Deswegen bleibe ich mal lieber stehen und schaue runter. Da ist der Sand auf dem Boden schön in Wellen gelegt. Manchmal liegt auf einer Bodenwelle eine weiße Muschel. Fische sind nicht zu sehen.

Dann liegen wir lange herum und schauen hoch. Im Himmel fliegen Möwen. Sie schreien ganz schön herum und setzen sich manchmal ganz nah zu uns. Sie schauen immer aufs Wasser. Die Wolken sind weiß. Ein kleines Flugzeug kurvt herum. Ich hoffe, dass es nicht auf uns runterplumpst. Die Wolken bekommen eine neue Farbe. Aus den grauen Wolken fängt es zu regnen an, Vera gibt mir ihren Korb und wir rennen zurück zum Parkplatz. Im Auto ist es trocken und die Regentropfen klopfen auf das Dach, als wollten sie rein. Ich sage zu Vera: »Das ist so ein schöner Feierabend!«

»Ja«, sagt sie, »es ist wundervoll.«

Da sage ich »du auch«, weil es mir so rausrutscht und sie freut sich richtig, das sieht man.

Als wir in den Kolk einbiegen, sehe ich gleich, dass ein VW Käfer in Orange vor unserem Haus steht. »Oje, die Prodscinskis sind da«, sagt Vera und hat wieder ganz ungute Laune. Frau Prodscinski sieht auch schon aus dem Fenster heraus, und weil sie Zimmer 3 bekommen hat, das nach vorn rausgeht, sieht sie genau dahin, wo Vera jetzt einparken muss. Das ist übrigens gar nicht so leicht, weil Prodscinskis Auto in der Mitte steht. Rechts und links vom

Parkplatz sind Büsche, sodass Vera nicht gerade viel Platz hat. Naja, auf jeden Fall fährt sie gegen den VW Käfer von Prodscinskis. Etwas. Nicht viel, aber sie fährt eben dagegen. Am Auto von Olbrichts ist vorn links die Lampe ein bisschen kaputt, am Auto von Prodscinskis ist hinten rechts die Lampe ein bisschen kaputt. Mehr nicht. Trotzdem kommen alle angerannt und machen ein Riesentheater. Alle stehen plötzlich vor dem Haus und reden durcheinander. Meine Mutter, Lutz Olbricht, Marion Prodscinski, ehemals Marion Strick, geboren am 8. Februar 1924 in Sonsbeck, und Reinhardt Prodscinski, geboren am 24. Dezember 1922 in Essen. Familienstand verheiratet bei beiden. Ich sage, dass Vera nichts dafür kann. Der VW Käfer stand so dumm in der Mitte, da haben wohl beide ein bisschen Schuld. Lutz Olbricht sagt, ich soll mal nachdenken. Ich denke mal nach: Alle Gäste sind verheiratet, alle Gäste haben ein Auto mit einer kaputten Lampe und alle Gäste wollen Zimmer 1. Trotzdem streiten sie sich gerade. Da fällt mir ein, dass ich meine neuen Wörter auf die Liste schreiben muss, denn Opel Kadett B steht auch schon drauf. Leider richtet meine Mutter ihre Aufmerksamkeit auf mich und findet mein Verhalten unschön. Ich hätte Bescheid sagen sollen, bevor ich wegfahre und man sieht ja, was dabei herauskommt.

Warum meine Hose nass ist. Prodscinskis haben übrigens vergessen, Guten Tag zu sagen und ich habe es auch vergessen.

Die Prodscinskis sitzen im Garten auf den Liegestühlen und denken gar nicht daran, ans Meer zu fahren. Frau Prodscinski strickt einen Topflappen, den sie später auf einem Bazar für einen guten Zweck verkauft. Dabei erzählt sie von ihrem Sohn Rainer, der leider nicht verreisen kann, weil er Abteilungsleiter ist. Zu meiner Mutter sagt sie, dass es kaum zu glauben ist, dass Rainer und ich gleich alt sind, wo er doch schon ein Haus gebaut und eine Frau geheiratet und zwei Kinder bekommen hat, die gut in der Schule sind. Wenn Frau Prodscinski nicht im Garten, sondern vielleicht auf dem Klo ist, sagt Vera »die alte Angeberin« und Lutz' Gesicht sieht ganz komisch aus und er kriegt Kopfzucken in Richtung Herr Prodscinski, der in einem anderen Liegestuhl sitzt. Er ist taub. Glaube ich zumindest. Gestern habe ich mal gerufen: »Herr Prodscinski! Sehen Sie mal her!«, aber er hat sich nicht gerührt. Dann habe ich mit dem Gartenschlauch den Ärmel von seinem karierten Hemd nass gemacht, da hat er sich gerührt. Wahrscheinlich ist er also taub und sonst ganz normal.

Wenn Frau Prodscinski zurückkommt, nimmt sie ihr Strickzeug aus dem Liegestuhl, lässt sich hineinplumpsen und fängt wieder an zu stricken und zu reden. Zum Beispiel sagt sie zu Vera: »Und was tun Sie für die Gemeinschaft?« Vera zieht sich erstmal ihr Kleid über den Kopf und darunter hervor kommt ein Bikini und alles andere. Herr Prodscinski, Herr Olbricht und ich gucken. Frau Prodscinski guckt auf ihr Strickzeug. Vera sagt, sie arbeitet in der Stadtverwaltung, denn sie ist ja Sekretärin. Frau Prodscinski sagt, dass sie damit bestimmt aufhören wird, wenn es mit den Kindern klappt. Sie selbst hat mit dem Arbeiten aufgehört, als Rainer kam, denn ein Kind fordert alle Aufmerksamkeit. Es gibt Mütter, die sich nicht genügend um ihre Kinder kümmern, aber aus diesen Kindern wird nichts. Sie sieht irgendwie zu mir. Ich stelle mir vor, wie Vera in der Stadtverwaltung sitzt und es stehen lauter Kinderwagen neben ihrem Schreibtisch und sie sagt in das Telefon: »Stadtverwaltung Olbricht, Guten Tag.« Und am anderen Ende der Leitung ist zufällig Frau Prodscinski und sagt: »Prodscinski, Guten Tag. Würden Sie mir weiterhelfen?« Und Vera sagt: »Nein, sonst wird aus den Kindern nichts« und legt auf. Um Kinder muss man sich kümmern wie um Goldfische. Richtig, die muss ich ernähren und gehe mal lieber rein.

Drinnen bei uns ist es sehr schön. Ganz oben ist Zimmer 1. Geht man hinein, sieht man gleich, dass es das beste Zimmer ist. Schräg gegenüber von der Tür ist die Glastür zum Balkon. Die linke Wand hat ein schönes Fenster, durch das ein Glanzlicht hereinkommt und durch das man auf den Garten sehen kann. Macht man aber nicht, sondern man geht auf den Balkon und sieht auf den Garten. Von hier oben sieht der Schuppen klein aus, der Garten groß. Man kann über die Gartenmauer, die 1,94 Meter hoch ist, in die Nachbargärten rübergucken, die zum Langen Kamp gehören. Die Hollywoodschaukeln darin sehen klein aus. Deswegen nützt es nichts, wenn sich die Nachbarinnen darin sonnen. Man sieht nur: Da sonnen sich die Nachbarinnen. Geht man wieder ins Zimmer 1 hinein, sieht man, dass ein Doppelbett neben dem Fenster steht mit rechts und links Schränkchen mit Lämpchen darauf. Neben der Tür ist ein Waschbecken mit Spiegel. Darin sehe ich einen gutaussehenden jungen Mann. An der Wand steht der Kleiderschrank, aber trotzdem ist noch Platz für einen Tisch und zwei Stühle. Zimmer 1 ist nämlich das zweitgrößte Zimmer. Geht man raus in den Flur, muss man nach rechts, um ins Bad mit Dusche zu kommen. Man muss nach links, um zur Treppe zu kommen, und geradeaus, um ins Zimmer 3 zu kommen. Wenn man da reingeht, sieht man gleich, dass es das zweitbeste Zimmer ist: Es hat ein schräges Dach und eine Gaube mit drei Fensterscheiben, die alle zum Kolk gehen. Man sieht also aufs Feld, wo gerade nichts los ist. Früher war da mehr los, also vor meiner Zeit, als dort noch ein Moor war. Darin sind gestandene Männer und Pferde versunken. Die liegen wahrscheinlich alle noch unter dem Feld. Balkon: keiner. Doppelbett: eins mit Schränkchen und Lämpchen. Linke Wand: Kleiderschrank, Waschbecken und Spiegel. Tisch: keiner. Stühle: einer. Mehr Zimmer gibt es oben nicht. Unten gibt es noch Zimmer 2 und noch ein Bad mit Dusche. Unten ist auch der Frühstücksraum und die Rezeption und so weiter.

Meine Mutter ist nie untätig und ich helfe ihr nach Feierabend im Garten oder beim Einkaufen. Die Einkäufe müssen in den Keller gebracht werden, wo es kalt ist. Wenn ich ihr helfe, hat meine Mutter auch mal Feierabend. Sie kann dann ihren Interessen nachgehen, und im Moment ist das die Annonce. Ich habe ihr gesagt, ich will keine Annonce, aber sie will mich unbedingt versorgt wissen. Der Text ist noch nicht fertig, beginnt aber so:

Möchtest du mit mir, 1,80 groß, schlank, 31 Jahre jung, angestellt, die Pension weiterführen, die ich bald erben werde? Wenn du fleißig und bescheiden bist, schreibe mir, damit wir uns kennenlernen können.

Meine Mutter hat den Anfang vorgelesen und Lutz Olbricht sagt, dass sie lieber von einem Familienunternehmen sprechen soll, nicht von einer Pension. Frau Prodscinski sagt, dass es erstens eine Pension Garni ist und dass ich zweitens noch nicht gut beschrieben bin, da würde sich jede Frau etwas Falsches vorstellen. Es muss gesagt werden, dass ich ein bisschen anders bin, aber Geld da ist. »Wieso denn anders?«, fragt meine Mutter und ich merke, dass sie mich zwar oft ärgert, aber ein feiner Kerl ist. Frau Prodscinski druckst herum und hat sich wohl geirrt. Vielleicht ist sie einfach ein bisschen dumm und weiß nicht, wie man Annoncen schreibt. Mich stört an der Annonce, dass sie voller Lügen ist, denn meine Mutter ist 1,56 Meter groß, bisschen dick, 52 Jahre alt, nicht angestellt. Das einzige, was stimmt, ist, dass sie eine Frau sucht, die fleißig und bescheiden ist. Ich sage das zu meiner Mutter und sie sagt: »Dann schreib sie doch selber!« Eigentlich habe ich keine Lust dazu. Ich habe Feierabend und möchte angeln gehen. Aber meine Mutter findet es unschön, wenn ich angeln gehe, statt ihr einen Gefallen zu tun. Sie reibt sich die Augen und ich hoffe, sie hat kein Trachom, denn davon können Menschen blind werden. Aus Mitleid mit ihr gehe ich in mein Zimmer, setze mich aufs Bett und überlege mir einen schönen Heiratsannoncentext. Ich hole meine schwierige Wörterliste aus der Schublade, vielleicht steht da was drauf, was ich über meine Mutter schreiben kann.

Göttergatte gesucht! schreibe ich und lache. Das ist toll. *Ich bin 1,56 Meter groß, rundlich aber nicht gerade dick, 52 Jahre alt, nicht angestellt und mein Sohn ist 1,80 groß, schlank, gutaussehend, 31 Jahre, angestellt.* Muss ich jetzt schreiben, dass ich ein bisschen anders bin? Ich schreibe: *Er liebt Goldfische.* Oder muss es andersrum? Ich streiche alles und schreibe: *Meine Mutter ist 1,56 Meter groß, bisschen dick, 52 Jahre alt, nicht angestellt und ich bin 1,80 groß, schlank, gutaussehend, 31 Jahre, angestellt. Meine Mutter interessiert sich für die Blumenaufzucht. Wenn du bescheiden und fleißig bist, bitte melden bei Pension am Kolk.*

Soll der Göttergatte noch was sein? Ich schaue auf meine schwierige Wörterliste: *fangfrisch, destabilisiert, vegetarisch.* Nein, das geht alles nicht. *Kabäuschen,* nein, das passt nicht, aber hier: *reliabel.* Klingt zwar so ähnlich wie *renitent,* meint aber verlässlich. *Wenn du bescheiden, fleißig und reliabel bist, bitte melden bei Pension am Kolk.* Oder noch schöner: *wenn du tunlichst reliabel bist.* Ich springe vom Bett und renne zu meiner Mutter, die immer noch mit Frau Prodscinski redet. Was die die ganze Zeit zu reden haben. Jetzt, wo ich ihr einen Gefallen getan habe, kann ich angeln gehen.

Im Frühstücksraum haben wir drei Tische, einen für jedes Zimmer. Darauf liegen Tischdecken in Weiß und es stehen Blumenvasen mit Gartenblumen drauf. Dafür ist die Wirtin persönlich zuständig, also meine Mutter. Wenn die Gäste zufällig gleichzeitig wach werden und Hunger haben, sitzen dort alle gleichzeitig. Ich frühstücke morgens vor der Arbeit in der Küche, aber am Sonntag und an einem anderen Tag in der Woche muss ich nicht arbeiten und schlafe aus. Was bei mir so ausschlafen heißt! Ich werde um sechs oder sieben wach, besonders im Sommer, denn das ist eine laute Jahreszeit. Der ganze Kolk macht Geräusche. Grillen zirpen, Vögel zwitschern und Regentropfen tropfen auf das Blech vom Vordach, das davon trotzdem nicht sauber wird. Autos werden vom Regen auch nicht sauber, Mistgabeln werden rostig und Angeln sandverdreckt. Nur die Pflanzen werden vom Regen sauber. Meine Mutter lässt es im Frühstücksraum manchmal auf den Russischen Wein regnen, um den Staub abzumachen.

Heute ist Sonntag und es regnet. Ich werde also 06:56 Uhr wach. Gute Zeit, um angeln zu gehen, aber bei dem Wetter? Meine Mutter ist schon in der Küche und bereitet für uns beide das Frühstück zu. Sie ist morgens ganz ungesprächig, und ich sage nichts, um sie nicht zu stören. Sie mag das, noch so ein bisschen weiterzuträumen. Wenn sie später den Gästen das Frühstück bringt, redet sie wieder. Heute Morgen sind Prodscinskis und Olbrichts gleichzeitig aufgestanden und frühstücken gleichzeitig. Vera fragt nach einem Glas Orangensaft und Lutz möchte sein Brot getoastet haben. Frau Prodscinski sagt, dass sie schon seit zwölf Jahren kommen und als die Alten einmal etwas sagen wollen, denn sie kennen sich hier ja besser aus als die Olbrichts. Dies ist eine günstige Pension Garni und Therese hätte schon genug zu tun. Mit Therese meint sie meine Mutter. Man darf hier nicht so vornehm sein, sagt Frau Prodscinski, und man kann auch ruhig selber mal etwas machen, zum Beispiel ein Glas Orangensaft selber aus der Küche holen. Ich stehe am Fenster, weil ich gerade meine Goldfische füttere, und denke, dass meine Mutter einen Anfall bekommt, wenn die Gäste in die Küche rennen. Da dürfen die gar nicht rein. Meine Mutter bringt das getoastete Brot und den Orangensaft und Frau Prodscinski sagt zu ihr: »Vielen Dank Therese,

Sie sind so generös mit unseren Extrawünschen!«, dabei stellt meine Mutter Vera Olbricht den Orangensaft hin und Lutz Olbricht das Brot und Frau Prodscinski natürlich nichts. Frau Prodscinski sagt: »Sie lesen uns jeden Wunsch von den Augen ab!«, und meine Mutter wandert mit ihren Augen schnell über den Tisch und sucht nach dem, was fehlt.

»Salz«, sage ich und meine Mutter geht es holen.

Herr Prodscinski isst seine fünfte Scheibe Brot mit Teewurst. Seine Brille wackelt beim Kauen. Frau Prodscinski erzählt von Rainer.

Ich gehe in die Küche, um meiner Mutter zu helfen. Sie will nämlich wie immer sonntags mit Eduardo zur Kirche und ich muss dann sowieso zu Ende abwaschen, denn meine Mutter findet es unschön, wenn sie nach der Kirche zurückkommt und da steht unerledigter Abwasch. Alles, was unerledigt ist, muss erledigt werden, das ist ihre Lebensphilosophie. Meine Lebensphilosophie ist, ich freu mich auf Feierabend. Lebensphilosophie steht als einziges Wort zweimal auf meiner schwierigen Wörterliste.

Den ganzen Sonntag regnet es. Die Gäste sind nicht zu sehen und das Auto von Prodscinskis auch nicht. Meine Mutter ist von der Kirche zurück und hat eigentlich Feierabend, aber sie sucht nach etwas Unerledigtem und findet es: die Annonce. »Hubert«, sagt sie und setzt sich erstmal hin. Wie geht es mir schlecht. »Wir finden schon eine, die dich nimmt.«

Ich denke, nein danke, aber sage nichts.

»Wir haben es jetzt so geschrieben: *Ich, Hubert, bin 31 Jahre alt, groß und sportlich und arbeite in einem kleinen Familienunternehmen. Wenn du fleißig, ehrlich und bescheiden bist, dann bist du genau die Richtige für mich! Schreibe mir, damit wir uns persönlich kennenlernen können!* Frau Prodscinski sagt, es ist gut so.«

»Was sagt denn Vera dazu?«, frage ich, denn ich stelle mir vor, wie sie die Zeitung aufschlägt, die Annonce liest und denkt, den will ich aber kennenlernen!

»Frau Olbricht hat gesagt, einfach abwarten wäre das Beste. – Als hätte ich ewig Zeit!«

Einfach abwarten finde ich auch sehr gut, aber meine Mutter ja nicht, also was soll ich machen.

Meine Mutter sagt: »Sie braucht ja nicht hübsch zu sein. Es gibt so viele Mädchen, die niemanden finden, obwohl sie zu jedem Opfer bereit sind.«

Ich sehe ein Mädchen mit einem langen Gesicht und braunen langen Zähnen vor mir. Sie erledigt alles Unerledigte und wohnt in der Kammer meiner Mutter. Wenn ich Feierabend habe, bringt sie mir ein Bier, denn sie ist zu jedem Opfer bereit und ich muss nicht mehr helfen. Wenn Vollmond ist, steigt sie auf unseren Besen und fliegt über dem Moor herum. Oft kommt sie mit Gefangenen zurück, die sie in den Schuppen sperrt und die ich immer freilasse. Meist ist Vera die Gefangene und fällt mir um den Hals, weil ich ihr Retter bin. Die mit dem langen Gesicht weiß nichts davon und darf es auch nie erfahren.

Viele Tage im Juni vergehen ein bisschen langweilig. Es regnet. Mal ist das Auto von Prodscinskis weg, mal da; mal hört man, wie sich Olbrichts in Zimmer 1 streiten, dann mal nicht. Dann lösen sie wohl Kreuzworträtsel. Ich gehe zur Arbeit und danach helfe ich meiner Mutter oder gehe angeln. Sie nimmt Vitamintabletten, die ich auch einmal meinen Goldfischen geben wollte, aber sie rückt sie nicht raus. Die Annonce ist in der Zeitung gedruckt worden, aber bisher hat sich niemand gemeldet. Meine Mutter sagt, ich muss Geduld haben, obwohl ich gar nicht ungeduldig bin. Das versteht sie nur nicht. Ich freu mich sogar, dass sich niemand meldet, dann muss ich nicht das Mädchen mit dem langen Gesicht kennenlernen. Bestimmt hat sie Warzen und ist klapperdünn. Wenn sie heult, sieht sie bestimmt noch schlimmer aus, anders als Vera, die gestern mit ganz verheulten Augen im Frühstücksraum saß und trotzdem schön aussah. Sie sah den Goldfischen zu, wie sie im Glas schwimmen und sagte zu mir: »Die brauchen mehr Platz.«

Ich sagte: »Na gut.«

Sie sagte: »Sie müssen raus in die Natur, in einen Teich.«

Da fällt mir mein Angelsee ein. Aber da hinein möchte ich sie eigentlich nicht setzten, denn ich habe Angst, sie eines Tages rauszuangeln. Das wäre sehr unschön. Also sage ich: »Der Kanal wäre ein guter Habitus für sie.«

»Es heißt Habitat«, sagt Frau Prodscinski von ihrem Tisch.

Vera nimmt das Glas mit meinen Goldfischen, zieht sich am Eingang die Latschen für drinnen aus und die Latschen für draußen an und ich mache das Gleiche. Wir gehen ein Stück Kolk, dann in den Feldweg bis zum Kanal, der eigentlich eher ein Graben ist. Darin ist viel braunes Wasser und Entengrütze. Ein Frosch schwimmt vorbei. »Wie energisch!«, sagt Vera und macht mit dem einen Arm auch Schwimmbewegungen. Dann klettert sie runter und taucht das Goldfischglas ins Wasser. Die beiden Fische warten ein bisschen, dann schwimmen sie los. Wir setzen uns auf das Gras an der Böschung und betrachten die Fische in der Freiheit. Von unten ist es ein bisschen nass, denn hier war schließlich mal Moor. »Dieses Eingesperrtsein ist schrecklich«, sagt Vera. »Möchtest du nicht auch manchmal ausbrechen?«

»Naja«, sage ich zu ihr, »ist doch schön hier.« Sie starrt auf die Entengrütze. »Nur das mit der Annonce finde ich doof«, sage ich, weil ich möchte, dass wir etwas gemeinsam haben. Das ist mir lieber so.

Sie möchte wahrscheinlich auch etwas mit mir gemeinsam haben, denn sie sagt, dass heiraten keine gute Idee ist, wenn man nicht zueinander passt. Sie ist so dumm gewesen, Lutz zu heiraten und ich soll nicht so dumm sein, die Erstbeste zu nehmen, denn in mir steckt doch mehr, ich könnte was aus mir machen. Ich weiß zwar nicht so richtig, was, aber freue mich trotzdem. Unter der Entengrütze sind die Fische nicht mehr zu sehen. Vielleicht sind sie jetzt froher und ich muss sie nicht mehr ernähren. Aber ein bisschen traurig bin ich auch, denn sie waren unaufdringliche Haustiere.

In dieser Nacht passiert etwas Ungewöhnliches und zwar in Zimmer 2. Um ins Zimmer 2 zu kommen, muss man die Treppe runter und dann an der Treppe vorbei. Wenn man reingeht, sieht man gleich, dass es das unschönste Zimmer ist. Meine Mutter vermietet es nur, wenn die Pension voll ist oder wenn eine kinderreiche Familie kommt, denn hier gibt es ein Doppelbett mit Schränkchen und Lämpchen und ein Doppelstockbett ohne. Balkon: nein, Tisch: nein, Stühle: zwei. Ein Waschbecken mit Spiegel ist auch da, außerdem ein Fußhocker, damit sich die Kinder die Zähne putzen können, was sie ja müssen. Meine Mutter hat Zimmer 2 einmal renovieren lassen. Die Tapete an der Wand zeigt Vergissmeinnichte, Stiefmütterchen und Tausendschönchen, also lauter sehr schöne Blumen, aber das Zimmer ist trotzdem das unschönste. Das Fenster ist klein und die beste Sicht in den Garten hat man vom Doppelstockbett oben. Zimmer 2 ist natürlich gerade nicht belegt, denn Olbrichts haben ja Zimmer 1 oben und Prodscinskis Zimmer 3 oben.

Aber in dieser Nacht passiert es, dass jemand in Zimmer 2 schläft. Am Abend, als meine Mutter und ich gerade in der Küche sitzen, hören wir von oben Stimmengewirr. Es klingt so, als wenn sich Olbrichts streiten, aber dann streiten sich Prodscinskis mit, und zwar hört man, wie Herr Prodscinski etwas ruft, nämlich »Ruhe da drüben!«, worüber ich mich wundere, denn er ist doch taub. Mehr höre ich nicht, weil ich mir die Ohren zuhalten muss, denn wenn jemand so schreit wie Herr Prodscinski, kriege ich irgendwie Angst. Meiner Mutter geht es genauso, das sehe ich an ihren Augen, die sich nicht mehr bewegen. Deswegen sieht sie auch nicht, dass in der Küchentür jemand steht, der aussieht wie ein dicker Engel. Oje, das ist ja Vera Olbricht. Um die Schultern hat sie ihre weiße Bettdecke gelegt und vor dem Bauch hält sie das Daunenkissen. Ihre Haare sind ganz verwuschelt und ihre Nase ist rot, was schön aussieht. Sie ist barfuß und wenn meine Mutter mich so barfuß sieht, sagt sie immer, »zieh dir was an die Füße, du holst dir sonst den Tod«, und es ist ja auch nicht so lau wie am Strand. Deswegen nehme ich die Hände von den Ohren und sage zu Vera: »Willst du meine Latschen haben?«

Sie schüttelt den Kopf und sagt: »Ich würde gern woanders schlafen. Geht das?«

Meine Mutter möchte Vera nicht in der Küche haben, aber sie ist auch erleichtert, weil sie nämlich Zimmer 2 sauber gemacht hat. Sie würde die ganze Nacht kein Auge zutun, wenn Zimmer 2 unsauber wäre und Vera darin. Aber so kann meine Mutter den Schlüssel, an dem die rote 2 steht, vom Brett an der Rezeption nehmen und das Zimmer aufschließen. Dann holt sie ein Laken. Ich traue mich nicht, ins Zimmer zu gehen, aber ich sehe ein bisschen durch die Tür und stelle fest, dass Vera heute Nacht rechts im Doppelbett schläft. Meine Mutter schickt mich schlafen. Ich muss morgen früh zur Post. »Ja, ja, ich geh ja schon« – das sage ich, damit sie sich nicht aufregt, gehe aber in Wahrheit in den Garten. Von hier aus kann ich gut ins Zimmer 2 reingucken. Das Bett ist fertig, meine Mutter geht raus und Vera schließt die Tür zu. Dann macht sie das Licht aus und ich sehe nichts mehr, nur den Garten und die Sterne am Himmel.

Am Morgen muss ich sehr früh aufstehen. Als erstes fällt mir ein, dass Vera in Zimmer 2 schläft. Ich gehe wieder in den Garten durch das nasse Gras und sehe nichts. Dann höre ich aber etwas, nämlich durch die offene Balkontür klingt es so, als ob jemand stirbt. Ich bekomme einen Schreck und halte mir erstmal die Ohren zu. Dann renne ich ins Haus und denke, dass ich unbedingt auf die Uhr achten muss, damit ich nicht zu spät zur Arbeit komme und in all dem Durcheinander knalle ich plötzlich hin. Ich liege vor der Tür, hinter der meine Mutter schläft. Die macht die Tür jetzt auf und sieht mich da unten. »Hubert!«, sagt sie und ich: »Da oben stirbt einer!« Auf einmal wird mir klar, dass Herr Prodscinski gerade Herrn Olbricht umbringt und meiner Mutter auch. Sie legt sich ihre Stola über das Nachthemd und geht so schnell sie kann die Treppe hoch. Also ziemlich langsam. Ich hinterher. Dann legt sie ihre Hand an die Türklinke von Zimmer 1 und die Tür geht auf. Selber schuld, denke ich, wenn man nicht abschließt, wird man mir nichts dir nichts von Herrn Prodscinski ermordet. Lutz Olbricht liegt im Pyjama auf dem Fußboden und hat weißen Schaum vor dem Mund. Wahrscheinlich ist es zu spät für ihn. »Hol Frau Olbricht«, sagt meine Mutter und beugt sich über den Sterbenden.

Ich renne runter und hämmere an die Tür zu Zimmer 2. »Aufwachen! Herr Olbricht stirbt!«, rufe ich dabei, damit sie weiß, dass es kein Quatsch ist. Vera ist auch wirklich ganz schön schnell an der Tür und dann rennt sie ohne Latschen die Treppen hoch und in Zimmer 1 hinein. Jetzt kommt meine Mutter da raus und geht so schnell sie kann die Treppe runter zum Telefon. Wahrscheinlich ruft sie die Polizei. Dann sieht sie auf die Uhr, die an der Rezeption hängt, und sagt ganz erschrocken: »Hubert, du musst los!« Da hilft nur eins: losgehen. Und als ich so den Kolk runtergehe und der Himmel über dem Feld seine schönen Spezialfarben hat und die Amseln schon singen und Eduardos Kater schon wartet, ist es fast wie ein ganz normaler Tag. Nur, als ich am Wartehäuschen stehe, kommt ausnahmsweise ein Krankenwagen und biegt in den Kolk ein. Vielleicht kommt auch noch ein Polizeiauto, aber leider kommt Bus Nummer 14 heute pünktlich und ich sehe nichts mehr.

Als ich nach der Arbeit an unserer Kreuzung aussteige und den Kolk zurückgehe, muss ich immerzu denken: Hoffentlich erzählen die mir was! Denn meist erzählen die einem nichts. Meine Mutter ist am schlimmsten von allen, sie sagt dann »Hubert, das ist nichts für dich« und solche Sachen, dabei, warum sollte das nichts für mich sein? Es ist doch ungerecht, wenn alle etwas wissen, nur ich nicht. Auch Gäste kriegt man schwer zum Reden, sie erzählen einem nichts. Nur wenn ich zum Beispiel im Garten bin und sie sind auch im Garten, dann erzählen sie sich gegenseitig alles, und ich kann zuhören.

Vor unserem Haus stehen der Opel Kadett B und der VW Käfer. Unsere Haustür ist nicht verplombt, sondern ganz normal. Ich gehe rein. Meine Mutter hört mich nicht, weil die Nähmaschine so rattert. »Hallo«, sage ich.

Sie sieht mich ganz normal an. Dann lächelt sie und sagt: »Es gibt Neuigkeiten.«

Bloß gut, sie erzählt mir also doch was. Sie hat's endlich kapiert. Ich setze mich auf den Küchenhocker an den Nähtisch und sie holt einen Brief und sagt: »Du hast eine Antwort.«

Ich nehme den Brief, den sie schon einmal für mich aufgemacht hat, und lege ihn zu den Nähsachen. Ich schmeiße ihn auf die Nähsachen. Ich pfeffere ihn auf die Nähsachen. Denn ich ärgere mich. Dann stehe ich auf und der Hocker fällt um. »War es denn nun Herr Prodscinski?«, schreie ich herum.

Jetzt guckt sie wieder so verständnislos, so, als wüsste sie gar nicht, wovon ich spreche. Dabei lag Lutz Olbricht heute Morgen im Sterben und ich bilde mir das nicht nur ein und sie war dabei und Vera Olbricht ist ohne Latschen hochgerannt!

»Was soll Herr Prodscinski gewesen sein?«, fragt sie.

»Lutz Olbricht, Mann!«, sage ich noch, aber ich weiß, dass sie mich gleich zwingen wird, den Brief zu lesen, dabei gibt es bei der Post jeden Tag Hunderte und Tausende von Briefen. Briefe kenne ich in- und auswendig. Die interessieren mich überhaupt nicht. Mich interessiert, was die Polizei gemacht hat. Ich sage: »Was hat die Polizei gemacht?«, aber sie wird nur ungeduldig und sagt: »Warum denn die Polizei?«

»Du hast sie doch selber gerufen!«, sage ich, denn ich stand schließlich neben ihr, ich bilde mir das nicht nur ein.

»Ach so«, sagt sie, »nein, ich habe den Notarzt gerufen, weil Herr Olbricht einen Anfall hatte. Er ist jetzt zur Beobachtung im Hospital und Frau Olbricht ist mitgefahren. Mehr war nicht. Du brauchst dir keine Sorgen um ihn zu machen.«

Als wenn ich mir Sorgen um Lutz Olbricht machen würde! Der ist mir egal. Wenn Vera zurück ist, frage ich sie. Sie erzählt mir bestimmt alles. Meine Mutter nimmt meinen Brief und steckt ihn in ihre Schürzentasche. Soll sie ihn doch behalten. Ist mir egal.

Wenn Gäste länger bleiben, macht meine Mutter zwischendurch ihre Zimmer sauber. Sie hängt auch neue Handtücher hin und die alten liegen dann auf einem Haufen im Flur. Jetzt macht sie Zimmer 1 sauber und lüftet es. Dann setzt sie sich erstmal hin. Sie macht auch Zimmer 2 sauber und lüftet es und hängt neue Handtücher hin. Kann ja sein, dass plötzlich jemand kommt und darin schlafen will. Die neuen Handtücher sind blau-weiß gestreift, genau wie die alten auf dem Haufen. Wenn sie gewaschen sind, weiß ich, was mir blüht: aufhängen. Wenn ich es jetzt schaffe, angeln zu gehen, bin ich nicht da, wenn die Handtücher aufgehängt werden müssen. Ich habe schließlich Feierabend. Aber meine Mutter sagt: »Du willst doch jetzt nicht angeln gehen!«, und was soll ich da machen. Also gehe ich in den Garten. Das Wetter ist gar nicht so schlecht. In den Liegestühlen sitzen Frau und Herr Prodscinski. Herrn Prodscinski erkennt man schon von Weitem, weil er immer ein Hemd mit kurzen Ärmeln und sehr großen Karos anhat. Kommt man näher ran, sieht man, dass an der Hemdtasche ein Kugelschreiber klemmt, den er niemals benutzt. Ich sehe ihn mir an, wie er da so unschuldig seine Zeitung liest, aber vielleicht ist er ein Mörder. Wahrscheinlich sogar. Ein Mörder, der so tut, als wäre er taub, dabei ist er es gar nicht. Frau Prodscinski strickt einen Untersetzer für den Bazar und die Gemeinschaft und ist vielleicht Mitwisserin. Wahrscheinlich sogar. Sie hat eine weiße Bluse an und darüber liegt eine Kette, die sie bestimmt einem Opfer geklaut hat. Ich klettere auf den Birnbaum, damit ich das Gaunerpaar besser beobachten kann. Sie beachten mich gar nicht.

Ich sitze auf einem dicken Ast und sehe mir erstmal die Birnen an. Sie sind winziggrün. Sie werden auch niemals gelb, weil der Birnbaum steinalt ist. Diese Birnen machen irgendwann nur eins: runterplumpsen. Dann sammle ich sie auf und bringe sie auf den Kompost, wo sie wieder zu schöner Erde werden. Wenn's denn klappt. Kleine Tiere müssen die Birnen dazu erstmal essen, und das machen viele Tiere nicht. Vögel lassen ihre Schnäbel davon, Wespen ihre Rüssel und Würmer ihre Münder, so wie meine Mutter und ich ja auch. Müssen also die Kleinsten ran, und die mögen zum Glück die grünen Birnen, denn als ich neulich mit dem Stock im alten Kompost pulte, waren Mistkäfer und Kellerasseln da, aber keine Birnen. Auch kein Birnengriebsch, wird nämlich alles mitgegessen.

Jetzt sagt Frau Prodscinski was: »Reinhardt?«

Er liest noch ein bisschen weiter in seiner Zeitung, weil er ja den Tauben spielt, dann dreht er den Kopf zu seiner Frau und sagt: »Marion!« Ich muss kichern.

Sie strickt ihre Reihe zu Ende. Dann sagt sie: »Wir könnten Therese fragen, ob wir Zimmer 1 bekommen, solange die Olbrichts nicht da sind. Es ist doch schade um den schönen Balkon, wenn ihn niemand benutzt.«

Wenn die wüsste, wie viele Tage keiner den Balkon benutzt! Den ganzen Herbst, Winter und Frühling benutzt ihn absolut niemand. Mindestens zweihundertdreiundsiebzig Tage im Jahr, in Schaltjahren zweihundertvierundsiebzig Tage passiert da nichts, außer, dass meine Mutter mal die Blätter und ein paar winziggrüne Birnen wegfegt. Reinhardt schiebt sich die Brille höher auf die Nase und blickt rüber zum Balkon.

Dann sagt er: »Sehr richtig, Marion. Ich werde das ansprechen.«

Dann sagen Prodscinskis wieder nichts. Ich frage mich, was sie auf dem Balkon wollen. Den nächsten Mord planen? Ich frag mal meine Mutter, wann Olbrichts zurückkommen und klettere vom Baum runter. Prodscinskis sehen erschrocken zu mir rüber. Wie ertappt. Sie sind nämlich ein Gaunerpaar.

Meine Mutter holt gerade die Handtücher aus der Waschmaschine. Schlechter Zeitpunkt, um ihr von Prodscinskis neuem Plan zu erzählen. Ich schlendere unauffällig weiter, aber sie ruft mir nach. Ich rufe zurück, dass ich die Goldfische füttern muss, denn sie hat noch nicht bemerkt, dass die Goldfische frei sind und Platz zum Schwimmen haben. Aber sie ruft nochmal, da muss ich wohl in Richtung nasse Handtücher gehen. Das fühlt sich an, als wenn unter einem etwas Glitschiges ist und man bei jedem Schritt fast ausrutscht. »Hampel nicht so rum«, sagt meine Mutter und dann kommt's, »häng doch erstmal die Wäsche auf.«

Oh Mann! Ich habe Feierabend! Aber was soll ich machen? Da habe ich eine Idee und frage sie, wie lange die Olbrichts denn im Hospital bleiben. Die Prodscinskis werden nämlich heute nach Zimmer 1 fragen.

Meine Mutter richtet sich auf und fragt, woher ich das weiß. Ich sage, haben sie gesagt. »Aber es sind doch noch alle die Sachen von Olbrichts drin«, sagt meine Mutter, und sie weiß ja nicht, ob die Olbrichts in diesem Sommer wiederkommen und ob sie das Zimmer für diese Tage in Rechnung stellen kann und überhaupt: Anfang Juli will es ja Herr Wilde haben, wie immer, und dann sind die Prodscinskis ja noch da. Das macht sie ganz nervös. Sie sieht gar nicht gut aus und muss sich erstmal hinsetzen.

Also lasse ich Gnade vor Recht walten und nehme den ekeligen Wäschekorb mit den nassen Handtüchern, gehe damit raus und hänge alles auf die Wäscheleine vor der Gartenmauer. Ich fasse die Handtücher nur mit den Fingerspitzen an, immer so kurz wie möglich. Dann muss auf jede Seite eine Klammer, gleiche Farbe wenn gleiches Handtuch. Ist schnell gemacht und jetzt habe ich wirklich Feierabend und mache gar nichts mehr. Ich geh zum Kanal und warte, ob die Goldfische mal vorbeikommen und Guten Tag sagen, aber ich sehe nur den Energiefrosch in der Entengrütze.

Als Reinhardt Prodscinski abends nach Zimmer 1 fragt, ist meine Mutter vorbereitet: Sie erwartet die Olbrichts jederzeit zurück. Da kann er nichts sagen und sagt auch nichts. Dann erzählt sie, dass Herr Wilde das Zimmer ab 1. Juli gebucht hat, und weil sich Prodscinskis und Herr Wilde vom letzten, vorletzten und vorvorletzten Jahr kennen, freuen sie sich, dass ein so angenehmer Gast erwartet wird. Frau Prodscinski sagt: »So ein kultivierter Mensch.«

Am 30. Juni fährt ein Taxi vor, als ich gerade die Fliederbüsche wässere, und heraus steigt Vera Olbricht. »Hubert«, ruft sie, »ich habe dir etwas mitgebracht!« Sie hält etwas hoch, was aussieht wie ein Überrest aus dem Hospital. Als sie näher kommt, sehe ich aber, dass es nur eine Tüte mit Wasser und zwei Goldfischen ist, allerdings nicht meine, denn die waren größer. »Hier«, sagt sie und hält sie mir hin, »tut mir leid mit deinen Fischen, das war eine dumme Idee von mir.«

»Alles klar«, sage ich, aber sie hält mir die Tüte immer noch hin, denn wahrscheinlich will sie die nicht mit nach Hause nehmen.

»Weißt du, ich habe in den letzten Tagen begriffen, dass nicht alle für die Freiheit gemacht sind. Goldfische zum Beispiel nicht.« Ich nehme die Tüte und eine innere Stimme, die nach meiner Mutter klingt, sagt »Hubert, sag schön danke«, also sage ich danke.

Ich kippe die neuen Goldfische in das alte Glas und stelle es an die alte Stelle im Frühstücksraum. Ich ernähre die Fische und stelle mir vor, wie Vera ihren Mann ernährt. Vielleicht krümelt sie ihm im Hospital ein bisschen Trockenfutter in den Mund, den er ganz gemächlich auf- und zumacht. Den trägeren der beiden Fische werde ich Lutz nennen, den anderen Vera Christina. Ich rufe die beiden Namen oben ins Glas hinein, aber noch hören sie nicht drauf. So ist das mit Fischen. Sie sind schön, aber dumm.

Meine Mutter möchte, dass ich Vera dabei helfe, die Koffer runterzutragen. Sie hat alles gepackt und es muss jetzt in den Opel Kadett B rein. An der Rezeption ist meine Mutter in Verlegenheit, denn sie weiß nicht, ob sie die letzte Woche berechnen kann. Zum Glück bezahlt Vera von sich aus für die ganze Zeit und meine Mutter sagt, dass das sehr anständig ist, denn sie konnte Zimmer 1 ja nicht vermieten und die Prodscinskis hätten es auch gern gehabt. Dann bucht Vera Zimmer 1 für nächstes Jahr und macht eine Anzahlung von fünfzig Mark. Mir fällt fast die Kinnlade runter. Warum denn das? Sie will doch nach Italien! Da kann sie doch nicht Zimmer 1 buchen, finde ich jedenfalls. Aber sie sieht ganz ernst aus. Erst, als meine Mutter ihr sagt, dass sie das Zimmer jetzt für Herrn Wilde herrichten wird, lächelt sie wieder, obwohl sie Herrn Wilde fast jedes Jahr verpasst. Vera verabschiedet sich von allen, sogar von Prodscinskis, und fährt ab. Ich sehe, wie der braune Opel Kadett B durch den Kolk rollt und hinter Eduardos Haus verschwindet. Für mich ist es ja nicht unschön, dass sie nächstes Jahr wiederkommt.

Am Abend sitze ich mit meiner Mutter ausnahmsweise nicht in der Küche, sondern im Frühstücksraum. Prodscinskis sind essen gegangen und andere Gäste haben wir gerade nicht. Meine Mutter holt einen Brief heraus und sagt, dass es bald so weit ist: Ich werde demnächst eine Frau kennenlernen, die mich vielleicht nimmt. Zumindest ist sie nicht ganz abgeneigt. Meine Mutter und sie scheinen in letzter Zeit so eine Art Brieffreundschaft angefangen zu haben. Sie legt mir ein Foto hin. Darauf sieht man einen schönen Wald und mittendrin steht eine Dicke ohne Schuhe, denn da hört das Bild auf. Vielleicht hat sie schöne Füße, denke ich, während ich sie mir ansehe. Auf jeden Fall ist der Rest nicht so mein Fall und das sage ich zu meiner Mutter. Sie regt sich auf. Das ist doch wirklich das Letzte, sagt sie, die Menschen nach ihrem Äußeren zu beurteilen. Diese Frau ist sehr liebenswürdig und fleißig und was ihr noch alles so einfällt, was Mütter sich so wünschen, aber ich sage nur naja. Dann bleibt der Blick meiner Mutter am Goldfischglas hängen und sie fragt, ob ich sie schon gefüttert habe. Ich sage: »Ja, und du hast gar nicht gemerkt, dass ich die alten Goldfische in den Kanal gesetzt habe.« Sie wird etwas ärgerlich und sagt, ich soll keinen Quatsch reden. Ich sage, ist kein Quatsch und sie sagt, sie ist von mir enttäuscht. Und ich sage: »Guck doch mal hin, sie sind winziger als die alten Goldfische, mindestens drei Zentimeter und sie heißen Lutz und Vera«, aber sie sieht da keinen Unterschied.

In der Nacht kann ich ausnahmsweise nicht gut einschlafen und überlege: Wenn meine Mutter einen großen von einem kleinen Goldfisch nicht unterscheiden kann, kann sie auch nette Menschen wie Vera nicht von blöden wie Frau Prodscinski unterscheiden. Wie will sie da einen Göttergatten für sich oder für mich finden? Mit solchen und ähnlichen Gedanken über die Ehe schlafe ich irgendwann ein. Ich träume davon, dass nicht jeder für die Freiheit gemacht ist und bin ein Polizist. Ich und viele andere Polizisten tragen Uniformen und ein riesiges Moskitonetz. Einige halten es mit Mistgabeln weit nach oben, andere halten es unten fest und wir gehen damit über das Feld, dahin, wo der Kanal kommt. Wir fangen Vera Olbricht ein, die eine Tüte mit meinen alten Goldfischen hochhält und immerzu ruft: »Ich hab sie!« Dabei haben wir sie. Morgens wache ich aber ganz normal auf.

Meine Mutter ist wieder in Zimmer 1 und 2 zugange. Ich sage ihr Bescheid, dass ich von der Arbeit zurück bin, dann macht sie sich keine Sorgen, ob ich vielleicht vom Bus Nummer 14 überfahren worden bin. Zum Beispiel könnte es ja sein, dass ich nach dem Aussteigen hinter dem Bus langgehe, vielleicht weil ein alter Mann auf die andere Straßenseite will und sehr schweres Gepäck hat, einen Kartoffelsack, zwei Hühner und eine Kiste mit lebenden Regenwürmern, und ich ihm beim Tragen helfe. Der Busfahrer legt aus Versehen den Rückwärtsgang ein und überfährt uns beide und nur eines der Hühner entkommt mit knapper Not. Aber so weiß meine Mutter, dass ich noch einmal mit dem Leben davongekommen bin und kann ganz beruhigt staubsaugen.

Prodscinskis sind gerade nicht da. Jetzt könnte ich mich in einen Liegestuhl legen und das mache ich wohl mal. Die Liegestühle stehen überall im Garten herum. Ich suche mir einen schönen in der Sonne aus und mache die Augen zu. Dann fallen mir die Spinnen wieder ein. Deswegen stehe ich auf und suche auf allen Liegestühlen nach Spinnen. Aber: keine da, nur ein paar Spinnweben. Also gehe ich in den Schuppen, wo jede Menge Spinnen sind, die meisten an der Decke, das sehe ich gleich, obwohl es hier dunkel ist. Alles Opa Langbeine. Auf dem Regal steht ein Glas mit irgendwelchen Blumensamen, das mache ich leer und nehme es als Fanggerät. Mit der ersten Spinne ist es einfach, aber wenn man die zweite fangen will, läuft die erste zum Ausgang. Also: eine nach der anderen. Ruhig Blut und durchatmen. Ich bringe den ersten Opa Langbein zum ersten Liegestuhl und gehe dann wieder in den Schuppen für den zweiten und so weiter bis jeder Stuhl eine Spinne hat. Dann gehe ich wieder in den Schuppen und stelle das Glas hin.

Eigentlich ist es ganz schön hier. Ich setze mich auf die Tonne am Eingang, um mir alles genau anzusehen. Hier stehen lauter Sachen für den Garten, auch so eine Mistgabel wie aus meinem Traum, aber kein Moskitonetz, eher Spaten und Harken und so weiter. An der Wand lehnt die Schubkarre mit dem Kopf nach unten. Auf dem Regal liegen Blumenzwiebeln und viel Staub. Es riecht ein bisschen komisch, wie auf dem Friedhof, wenn es lange nicht geregnet hat. Hier kann man insgesamt gut sitzen und nachdenken und deswegen fange ich wieder an, über die Ehe nachzudenken. Meine Mutter sagt, wenn sie einmal nicht mehr ist, soll ich nicht allein sein, also hat sie mit der Dicken eine Brieffreundschaft angefangen. Die soll sich dann also ein Kopftuch umbinden und Zimmer 1, 2 und 3 staubsaugen. Die soll im Sommer die ganze Arbeit mit der Pension machen und den Rest der Zeit für die Änderungsschneiderei Aufträge erledigen, so wie meine Mutter. Aber, ehrlich gesagt, wenn ich mir die Göttergatten hier so ansehe, fällt Folgendes auf: Sie schlafen zwar in zwei verschiedenen Betten, aber die sind zusammengeschoben. Sie tragen Ringe am Finger, als Symbol für ihre Ehe. Sie sprechen sich mit Vornamen an oder noch schlimmer. Ich stelle mir vor, wie die Dicke und ich in den Betten von Zimmer 1 liegen und wie sie Hubi zu mir sagt. Da läuft es einem kalt den Rücken runter! Und was, wenn sie schnarcht? Nein, da liegt doch lieber Vera neben mir und sagt mein Süßer zu mir und ich meine Schöne zu ihr. Aber dann kommt etwas dazwischen und es ist Lutz Olbricht, der Opportunist, der an der Tür zu Zimmer 1 rüttelt, die zwar abgeschlossen ist, aber auf die er mit seiner Axt so lange einhaut, bis sie zersplittert. Es ist sehr laut. Da steht er mit Schaum vor dem Mund und Schweißflecken unter den Achseln und will mir mit der Axt auf den Kopf hauen. Ich halte mir die Hände über den Kopf und schreie nein! Da kommt meine Mutter in den Schuppen und zieht mich raus in den Garten, wo ich die Hände vom Kopf runternehme.

»Was ist denn los?«, fragt sie, aber ich weiß nicht richtig, was ich da antworten soll. Ich kann ja schlecht sagen, ich habe über die Ehe nachgedacht.

Also sagt sie was. »Wenn du dich vernünftig beschäftigst, passiert so etwas nicht.« Sie schaut sich um. »Der Rasen müsste mal wieder gemäht werden.«

Jetzt geht sie zu den Liegestühlen, die ja überall verteilt sind, und will sich erstmal hinsetzen. Da muss ich an die Spinnen denken und rufe: »Vorsicht!«

Meine Mutter wird ein bisschen ungeduldig, das merke ich, weil sie die Hände in die Hüften stemmt, und sie sagt nochmal: »Was ist denn los mit dir?«

Und ich sage: »Ich heirate niemals die Dicke.«

Jetzt lässt sich meine Mutter in den Liegestuhl plumpsen, und obwohl sie nicht besonders dick ist, hört man leider ganz deutlich, dass der Stoff reißt und dann sieht man leider auch schon, dass sie mit dem Po auf dem Rasen sitzt. Vielleicht auch auf einem Gänseblümchen oder dem Opa Langbein, aber der ist ganz aufgeregt losgelaufen und rennt jetzt über meine Mutter rüber, die schreit. Aus irgendeinem Grund schreit sie »Hubert!«, als könnte ich jetzt was dafür. Zwischen all dem Geschrei höre ich Motorengebrummel, eher unweit in der Nähe, eher so vor unserem Haus. Aber ich kann mich ja nicht um alles gleichzeitig kümmern und gehe also erstmal zu meiner Mutter und halte ihr die Hand hin, aber sie will sie nicht nehmen, denn sie ist nur eins: wütend. Das ist das Dumme an ihr. Sie ist mir nichts dir nichts wütend und all sowas. Und zwar über mich. Ich mache sie so. Jetzt sagt sie auch noch: »Warum tust du mir das an?« Ich entdecke den Opa Langbein an ihrem Kopftuch und schnappe ihn mir, aber statt froh zu sein, kreischt sie herum. Dann ist sie plötzlich still und schaut mich an. Nein, stimmt nicht, sie schaut an mir vorbei. Vielleicht existiere ich jetzt gar nicht mehr für sie. Auch in Ordnung. Prima. Einverstanden. Ist mir doch egal. Dann setze ich den Opa Langbein eben zurück auf das Kopftuch und lass sie hier schmoren. Ich drehe mich um und vor mir steht Herr Wilde.

Herr Wilde ist ein besonderer Fall. Geboren am 18. August 1936 oder 1938 in Berlin als Rupert Wilde, Familienstand geschieden. Mal sehen, was er diesmal aufschreibt. Es ist ja unschön, wenn jemand lügt, aber vielleicht hat er sein Geburtsjahr auch nur durcheinandergebracht. Vielleicht hat er im Krieg was an den Kopf gekriegt und kann sich keine Zahlen merken. Ich kann mir Zahlen gut merken. Zum Beispiel drei-drei-drei bei Issos Keilerei. Von außen sieht man bei Herrn Wilde aber nichts. Er sieht von außen normal aus und hat darüber hinaus rötliche Haare. Jetzt zum Beispiel ist er sehr nobel, er hält meiner Mutter die Hand hin und zieht sie aus dem Liegestuhl raus. Dabei lacht er kein bisschen, sondern fragt, ob sie sich wehgetan hat. Meine Mutter ist ganz rot geworden und sagt »so ein Malheur« und bedankt sich mindestens zehnmal für seine Hilfe und sagt, er ist so ein Gentleman, als wenn sie niemals allein aus dem kaputten Liegestuhl rausgekommen wäre. Ich stelle mir vor, wie sie da den ganzen Abend über gesessen hätte. Erst hätte sie mir noch Anweisungen zugerufen, weil ja das Unerledigte trotzdem erledigt werden muss, aber dann wäre sie eingeschlafen und es wäre immer dunkler geworden und morgens wäre Tau auf sie gefallen. Da ist es schon besser, dass Herr Wilde ein Gentleman ist und sie da rausholt. Er wird jetzt in Zimmer 1 wohnen und jeden Tag ans Meer fahren und die Frauen werden darauf warten, dass er zurückkommt. Frau Prodscinski wird meine Mutter dafür beneiden, dass Herr Wilde ihr aus dem Liegestuhl geholfen hat und selbst ein Malheur wollen. Was mich ärgert, ist, dass meine Mutter Herrn Wilde gegenüber so tut, als hätte ich Schuld am Malheur. Sie sagt, dass es ihr eine Last ist, dass ich noch nicht versorgt bin. Das muss ja nicht sein. Ich sage zu Herrn Wilde, dass meine Mutter sich gern in Liegestühle plumpsen lässt und da passiert es schon mal, dass leider der Stoff reißt. Meine Mutter sagt, ich soll Rasen mähen und dann geht sie mit Herrn Wilde ins Haus.

Gut, dann mähe ich eben Rasen. Ich bin ja schließlich keine Last, sondern ich helfe ihr, damit sie auch mal Feierabend hat. Ich packe den kaputten Liegestuhl zusammen und bringe ihn in den Schuppen. Aber wenn ich mir den Rasenmäher genau ansehe, merke ich, dass ich überhaupt keine Lust zum Rasenmähen habe. Erstens habe ich Feierabend, zweitens habe ich keine Schuld am Malheur und drittens hatte ich gerade über die Ehe nachgedacht, als meine Mutter reinkam. Ich setze mich wieder auf die Tonne und denke lieber noch ein bisschen nach. Wenn meine Mutter einmal nicht mehr ist, gibt es auch niemand, der mir sagt, ich soll etwas Vernünftiges tun. Ich fahre dann einfach morgens zur Post und nach der Arbeit habe ich Feierabend und Schluss. Finitismus. Ultrafinitismus. Zur Probe lege ich schon mal die Füße hoch. Ich sitze auf der Tonne und vor mir steht der Rasenmäher, da lege ich die Füße rauf und kreuze die Arme vor der Brust. So schlafe ich ein.

Da wache ich schon wieder auf, weil es an meinem Ohr kitzelt. Erst wische ich mit der Hand übers Ohr, aber als das nichts hilft, mache ich doch mal die Augen auf. Na klar: Sonja Schenker. Es gibt Gäste, um die reißt man sich als Erbe der Pension am Kolk nicht, und Sonja Schenker gehört dazu. Sie ist noch schlimmer als ihr kleiner Bruder Kalle. Ich sehe mich im Schuppen um und er guckt aus dem Gerümpel ganz hinten raus, nur sein krummer Rücken mit dem gelben Hemd drüber, denn er wühlt in den Sachen am Boden rum. Sonja ist 9 und Kalle 8,5 Jahre alt. Ich weiß nicht, wie Frau Schenker das gemacht hat, vielleicht sind sie verzögerte Zwillinge. Sonja macht das, was sie für lächeln hält, und sieht dabei aus wie ein Makakenjunges, das einem im nächsten Moment eine Kokosnuss über den Kopf zieht. Ich traue ihr nicht über den Weg und komme deswegen erstmal von meiner Tonne runter. »Guten Tag«, sage ich, »ich muss jetzt leider Rasen mähen.«

»Macht nichts«, sagt Sonja und steckt sich die Feder in den Zopf, mit der sie eben noch mein Ohr geärgert hat, »habt ihr hier irgendwo ein Zelt?«

Ich sage nein.

Sie sagt, das ist schade, denn sie sind Indianer. Das kenne ich schon, denn im letzten Sommer waren sie auch Indianer, sehr einfallsreich.

Kalle ruft, dass er Holz gefunden hat für ein Lagerfeuer. Ich geh mal lieber Rasen mähen.

Vor dem Schuppen schichten Sonja und Kalle Dinge auf, die wohl ihr Feuer sein sollen. Meinetwegen. Im Schuppen wird es immer unordentlicher, was meine Mutter unschön finden würde, aber sie sieht ja sowieso nur Herrn Wilde. Als ich mit dem Rasenmähen fertig bin, gehe ich ins Haus, Goldfische ernähren, und treffe ihn an der Rezeption. Er hat etwas anderes an als vorhin und riecht nach Rasierwasser, obwohl sich sein Bart eigentlich nicht verändert hat: lauter Stoppeln am Kinn. Wenn meine Mutter einmal nicht mehr ist, mache ich das auch so. Er fragt, wer zuletzt in Zimmer 1 gewohnt hat. Ich sage, dass es die Olbrichts waren und er sagt, dass sie etwas vergessen haben. Dabei kann das nicht sein, denn meine Mutter hat ja alles saubergemacht. Frau Prodscinski kommt jetzt auch an die Rezeption und möchte mit Herrn Wilde Späße machen. Sie macht das, indem sie ihm erzählt, dass Rainer einmal auf das Dach von seinem Haus raufmusste wegen einer Taube im Schornstein, aber Herr Wilde interessiert sich nicht so für Schornsteine und lacht auch nicht. Im Moment interessiert er sich für die Olbrichts, die in der Nachttischschublade etwas vergessen haben. Deswegen redet Frau Prodscinski jetzt über die Olbrichts: dass er schwerkrank ist und sie nichts für die Gemeinschaft tut, aber anderer Leute Autos zerstört. Dass die Olbrichts eine ganz schlechte Ehe führen und sich wahrscheinlich bald scheiden lassen. Das würde Rainer niemals tun, aber seine Ehe ist ja auch intakt. Herr Wilde wird ein bisschen ungeduldig. Dann sagt er ihr – Marion! – dass sie eine tolle Mutter ist, sonst wäre Rainer nicht so toll geraten. Das muss ja nun wirklich nicht sein. Finde ich jedenfalls. Dann sagt er, dass es ihm sehr leidtut, aber er muss gerade mit Hubert hier etwas besprechen, und das macht mich richtig stolz, besonders, weil Frau Prodscinski mich jetzt erst so richtig bemerkt. Denn ich bin für sie ein Geist, der auf den Zauberspruch *Hubert* hört. Jemand sagt ihn und huch, da bin ich dann.

Als Frau Prodscinski die Treppe hoch ist, fragt Herr Wilde, wie es Vera so geht. Denn: die hatten mal was miteinander. Ich sage, dass sie wunderschön ist und dass das umso mehr der Fall ist, wenn sie einen Bikini anhat. Ich rede richtig viel und erzähle ihm auch von der Fahrt ans Meer und von den beiden Autolampen und dass allemann Vera die Alleinschuld gegeben haben.

»Und sie ist immer noch mit Olbricht zusammen?«

Herr Wilde sagt das so, als könnte er es nicht glauben. Als hätte Vera bei einer ganz einfachen Sache versagt, zum Beispiel beim Zusammenrechnen von fünf und fünf oder beim Haarekämmen oder so. Deswegen erzähle ich ihm, dass Vera sich das alles genau überlegt hat und sogar eine Erkenntnis hatte, nämlich, dass nicht jeder für die Freiheit gemacht ist. Und sie ist eben für Lutz Olbricht, den Opportunisten, gemacht, obwohl sie nicht zusammenpassen.

Herr Wilde sagt: »Doch, alle sind für die Freiheit gemacht.«

Und weil wir gerade beim Thema sind und ich ihm ein bisschen beweisen will, dass Vera recht hat, erzähle ich ihm noch, dass ich ja auch nicht für die Freiheit gemacht bin, denn meine Mutter möchte, dass ich heirate, damit ich versorgt bin, wenn sie einmal nicht mehr ist.

Da sagt er: »Deine Mutter lebt hoffentlich noch einmal fünfzig Jahre«, und da wird es mir auf einmal klar: Ich habe noch massenhaft Zeit. Jetzt renne in den Garten, um rumzurennen, denn es ist so schön, dass ich noch so viel Zeit habe. Wie geht es mir gut! Und dann renne ich in mein Zimmer und will der Dicken schreiben, dass sie erst in fünfzig Jahren herkommen muss, aber dann fällt mir ein, dass ich ja nicht *Liebe Dicke* schreiben kann und renne zu meiner Mutter.

Sie bügelt. Sie sagt, dass die Dicke Ursel heißt und dass sie morgen herkommt, um mich endlich kennenzulernen. Persönlich, Auge um Auge, Zahn um Zahn. Ich sage ihr, dass das unnötig ist, es reicht aus, wenn sie in fünfzig Jahren kommt, und meine Mutter lässt das Bügeleisen auf der Tischdecke stehen und wird ganz humorlos. Auf jeden Fall geht ihr eher was Trauriges durch den Kopf als was Lustiges.

»Morgen um drei«, sagt meine Mutter. Und ob ich den Schenkers schon Guten Tag gesagt habe. Dabei lässt sie das Bügeleisen stehen. Ich möchte ihr jetzt wirklich mal erklären, dass wir Ursel absagen können, aber es ist so schwierig und man kann mit ihr nicht diskutieren und das Bügeleisen steht da die ganze Zeit. Ich starre es ein bisschen an und frage, ob sie ein Lagerfeuer machen möchte. Sie schiebt es schnell weg und darunter kommt ein brauner Bügeleisenabdruck zum Vorschein. Leider bin ich nicht Herr Wilde, sonst würde sie sich jetzt zehnmal bei mir bedanken, sondern ich bin Hubert, und deswegen ist sie enttäuscht von mir.

Ich renne weg, denn das ist doch alles zum Wegrennen. Ich weiß nicht wieso, aber im Flur renne ich plötzlich die Treppe hoch und klopfe an die Tür zu Zimmer 1. Jemand ruft herein. Es ist Herr Wilde. Er liegt gerade mit Schuhen auf dem Bett und liest Zeitung. Ich erzähle ihm jetzt noch was, nämlich dass meine Mutter nicht begreift, dass sie noch fünfzig Jahre lebt. Er sagt, ich soll mich hinsetzen. Ich setze mich auf einen der beiden Stühle am Tisch und Herr Wilde kramt im Kleiderschrank herum. Da holt er eine Flasche Schnaps raus und vom Waschbecken die beiden Zahnputzbecher. Er setzt sich auf den anderen Stuhl und gießt Schnaps in die beiden Zahnputzbecher. Dann trinken wir. Es schmeckt nicht besonders, aber Herr Wilde sieht zufrieden vor sich hin, legt den Knöchel des linken Beines auf den Oberschenkel des rechten Beines und hebt beide Arme so, dass ein dreieckiger Heiligenschein hinter seinem Kopf ist. Er fragt mich, was ich von den Frauen halte. Ich sage naja und sehe mich im Zimmer um, kann aber den gutaussehenden jungen Mann im Spiegel nicht sehen. Da fällt mein Blick auf den Nachtschrank und ich frage, was Vera da vergessen hat. Er holt aus seiner Hosentasche eine kleine Flasche heraus, die die Farbe von Veras Fingernägeln hat. Rot wie unsere Eierlöffel. Er sieht sich die Flasche eine Weile an und vergisst vielleicht sogar, dass ich neben ihm sitze und Schnaps trinke. »Und wie ist sie jetzt so?«, fragt er mich schon wieder und ich verstehe natürlich, dass er die ganze Zeit an Vera denkt.

»Sehr schön«, sage ich, »aber Familienstand verheiratet.«

»Verstehe«, sagt er.

»Und ich soll Ursel heiraten«, sage ich und er ist ein bisschen schockiert. Dann gibt er mir einen guten Tipp, nämlich, dass ich im richtigen Moment nein sagen muss, laut und deutlich, nämlich spätestens im Standesamt. Jetzt bin ich es, der sich zehnmal bei ihm bedankt.

Durch die Balkontür kommt ein Luftzug, der angesengt riecht. Ich drehe den Kopf und sehe auf der Mauer Eduardos Kater, der aber ganz normal aussieht. Herr Wilde dreht seinen Kopf mit Heiligenschein auch zum Balkon, weil Sonja Schenker von unten schreit: »Herr Wilde, gucken Sie mal raus!« Aber das macht er nicht. Er trinkt noch einen Schluck aus dem Zahnputzbecher. Da hört man, wie jemand die Treppe hochrennt und an die Tür zu Zimmer 1 klopft. Es ist Sonja Schenker, die sagt, Herr Wilde müsste unbedingt mal aus dem Fenster gucken. Dann sieht sie den Nagellack auf dem Tisch stehen und fragt, was wir damit wollen. Das ist für Mädchen. Dann streckt sie die Hand aus und Herr Wilde seufzt und gibt ihr das Fläschchen. Das meine ich: Solche Gäste will man nicht haben. Solche Menschen wie Herr Wilde und ich sind da völlig machtlos. Herr Wilde hat jetzt sogar seine Arme und Beine runtergenommen. Er trinkt den Zahnputzbecher leer und geht zum Balkon und ich gehe hinterher, denn Sonja hat ja nicht gesagt, dass ich nicht runtergucken soll. Also gucken wir alle drei runter und sehen Kalle neben einem großen Lagerfeuer, also gemeint ist, dass die Dinge aus dem Schuppen jetzt brennen. An einer Seite guckt der kaputte Liegestuhl raus.

»Wir sind nämlich Indianer«, sagt Sonja zu Herrn Wilde.

»Ihr seid doch vollkommen blöd«, sage ich.

Sonja Schenker schneidet mir eine Fratze. Kalle pökert mit der Mistgabel im Feuer herum und ich hoffe, dass sie nicht schmilzt, denn dann hätten wir keine Mistgabel mehr.

Herr Wilde hat überhaupt keine Lust, sich mit Sonja Schenker und ihrem Feuer abzugeben. Er sagt ihr, sie soll runtergehen und es ausmachen. Da ist sie eingeschnappt, denn bestimmt hat sie das Feuer extra für ihn angemacht. Herr Wilde hat auch keine Lust mehr, sich mit mir abzugeben, denn er sagt mir, ich soll doch mal runtergehen und das Feuer beaufsichtigen. Eigentlich habe ich auch keine Lust dazu, aber was soll ich machen. Ich geh runter und nehme Kalle erstmal die Mistgabel weg und er sagt: »Eh!« Er sieht empört aus.

Sonja sagt: »Hubert, gib Kalle die Mistgabel wieder.«

Und ich sage: »Die Mistgabel gehört mir.«

Da sagt Sonja: »Aber Kalle hatte sie grade.« Die spinnt eben.

»Dann such ich mir was anderes«, sagt Kalle und geht wieder in den Schuppen. Sonja ist klapperdünn. Heute Morgen muss sie mal einen Zopf gehabt haben, denn auf ihrem Kopf zippelt noch ein hellblaues Haargummi. Ihre Nase ist nach oben gebogen, was eigentlich ganz niedlich aussieht wie bei einem Äffchen.

Jetzt kommt meine Mutter raus und sieht das Feuer. Sie sieht auch mich mit der Mistgabel und kreischt: »Hubert!« Was hat sie denn jetzt schon wieder. Durch das Kreischen fühlen sich auch andere Eltern angezogen und rennen in den Garten. Vornweg Ingrid Schenker, geboren am 1. Januar 1939 in Pforzheim als Ingrid Dull, dahinter Rolf Schenker, geboren am 28. Januar 1940 in Freudenstadt. Familienstand verheiratet bei beiden. Frau Schenker rennt zu Sonja und schließt sie tunlichst in die Arme. Herr Schenker sucht überall nach Kalle, sogar im Feuer. Meine Mutter behauptet inzwischen vor all diesen Leuten, dass ich eine Last bin und sogar Feuer mache. Ich sage, dass ich überhaupt kein Feuer mache und Frau Prodscinski schüttelt ernst den Kopf. Wo kommt die denn jetzt her? Ich sage, dass ich das Feuer nur beaufsichtige, weil ein Erwachsener dabei sein muss, aber meine Mutter fragt, warum ich unsre Sachen verbrenne. Ich sage jetzt gar nichts mehr. Es kommt ja genau aufs Gleiche raus, ob ich ihnen die Wahrheit sage oder ob ich ihnen die Wahrheit verschweige, weil sie im Kopf schon ihre Lügenmärchen haben. Ist mir doch egal. Ich drücke meiner Mutter die Mistgabel in die Hand und gehe weg. Die anderen sind allemann ganz aufgeregt und ich höre sie noch rumkreischen, als ich schon auf dem Feld bin. Ich hoffe, dass meine alten Goldfische jetzt mal auftauchen, ich brauch mal jemand zum Reden. Wie geht es mir schlecht. Ich setzte mich an den Rand des Kanals und starre ein bisschen in die Entengrütze. Hier bleibe ich jetzt sitzen und bekomme einen feuchten Hosenboden und morgen gleich nach der Arbeit werde ich auch herkommen, ohne meiner Mutter zu sagen, dass ich noch lebe, dann kann sie sich ja mit der dicken Ursel darüber unterhalten, wie enttäuscht sie von mir ist.

Während ich so in die Entengrütze starre, fange ich an, über die Freiheit nachzudenken. Erst denke ich an die Freiheit der Goldfische und dass sie jetzt den ganzen Kanal zum Schwimmen haben und ab und zu den Energiefrosch treffen. Dann denke ich an die Freiheit von Vera Olbricht und wie das wäre, wenn auf der Gästeliste stehen würde: Vera Christina Miller, Familienstand geschieden. Vielleicht antwortet sie ja noch auf die Annonce. Dann denke ich, dass Herr Wilde sagt, alle Menschen sind für die Freiheit gemacht, und warum sollte das bei mir anders sein? Ich bin schließlich auch ein Mensch. Ich lege mich mit dem Rücken auf die niedrigen Gewächse an der Böschung, sehe in den blauen Himmel ohne eine Wolke und da kommt es mir so vor, als wenn ich ein freier Mann sein könnte, und zwar stelle ich mir vor, dass ich Feierabend habe und machen kann, was ich will. Ich ernähre die Goldfische und gehe angeln. Da treffe ich meinen Freund, der auch einen Hund hat, und nach dem Angeln braten wir die Fische zu Hause. Ich wohne in einer kleinen Hütte im Wald und er wohnt in einer anderen Hütte im Wald, sodass wir uns immer besuchen können. Vielleicht habe ich ein blaues Fahrrad mit Rückspiegeln. Immer sonntags kommt meine Mutter zu Besuch, wenigstens die nächsten fünfzig Jahre, danach ist sie ja nicht mehr. Sie sagt nie, dass ich ihr eine Last bin und das muss sie ja auch nicht, denn sie lebt ja ganz entlastet in der Pension am Kolk. Und wenn die schrecklichen Kinder von Schenkers Feuer machen, muss niemand erklären, wer das Feuer gemacht hat, denn dann kapiert sie das endlich von allein. Sie wird immer, wenn sie das unschöne Gestrüpp im Garten ansieht, denken, was für eine Hilfe ich ihr doch gewesen bin, der ich immer den Rasen gemäht habe, bevor ich die Freiheit suchte. Eduardos Kater wird von der Gartenmauer zu meiner Mutter sagen: »Siehste siehste«, denn er hat das alles die ganze Zeit gewusst. Es sind schöne Träume, sie machen mir schöne Gefühle und jetzt habe ich Hunger.

Ich habe mir überlegt, dass ich ihnen allen eine Freude machen will, denn in der Pension am Kolk ist unschöne Stimmung. Herr Schenker spinnt Seemannsgarn und versucht, alle mit seinen Angelknoten aufzuheitern, aber nur Ingrid Schenker und meine Mutter lachen dann kurz. Herr Schenker erzählt nicht gleich los, sondern tut so, als wenn er eine Gardine wegschiebt, damit alle still sind und sich ganz auf seine Angelknoten konzentrieren können. Er erzählt sehr langsam. Zum Beispiel erzählte er vorhin so: »Da komme ich von der Arbeit und treffe unsern Pfarrer.« Pause. »Da sagt der: Ach, Schenker! und reicht mir die Hand.« Pause. Schluck. »Sie spielen doch Trompete und wir brauchen noch eine Trompete für nächsten Sonntag.« Pause. Gardine wegschieben wegen Sonja Schenker, die quatscht. »Da sag ich: Aber ich spiele doch gar nicht Trompete. – Ich weiß gar nicht, wie der darauf kommt. – Und da sagt er doch: Sie spielen die Trompete wie ein junger Gott. Hahaha. So kommt man zu Komplimenten, hahaha.« Frau Schenker und meine Mutter lachen auch, Prodscinskis machen gar nichts und Kalle und Sonja nölen herum und Sonja sagt, dass er an den Po-Enten noch arbeiten muss. So richtig klappt das also nicht mit der Aufheiterung, wenn Herr Schenker die Sache in die Hand nimmt.

Ich habe mir also überlegt, dass ich ihnen allen eine Freude mache und habe mich für das Idealfreumittel entschieden: Kuchen. Wie geht es mir gut! Jetzt muss ich überlegen, ob ich den Kuchen a) selber backe oder b) beim Bäcker kaufe: a) wie anstrengend, b) wie besser. Also b). Das heißt, die ganze Gesellschaft kann erst morgen aufgeheitert werden, und zwar nach Feierabend. Bis dahin müssen sie leider stumpfsinnig herumsitzen.

Ich liege schön auf meinem Bett und sehe schön an meine Decke, da klopft es an der Tür. Ich habe zwar nicht herein gesagt, aber sie geht trotzdem auf und da steht die Nervensäge Sonja Schenker. Sie sagt, dass sie mir was zeigen will. Ich will gerade sagen, dass sie abhauen soll, aber dann fällt mir gerade noch rechtzeitig ein, dass ich von ihr ja noch eine Auskunft brauche, nämlich diese Sache mit der Po-Ente für meine schwierige Wörterliste. Also lasse ich Gnade vor Recht walten und sage, dass sie reinkommen darf. Sie sitzt schon auf dem Stuhl am Tisch, nimmt sich ein Stück Papier, wühlt in meinen Schubladen und murmelt dabei vor sich hin, was sie so braucht, um mir das zu zeigen, was sie mir zeigen will. Sie hat eine kurze Hose an und verdreckte Beine mit ungefähr hundert verdreckten Pflastern. Die Arme sehen genauso schlimm aus. Jetzt hat sie meine

Sachen fertig durchwühlt und ein Lineal, einen Bleistift und eine Schere gefunden. »Hast du Klebe?«, fragt sie mich, »die brauch ich nämlich nachher.« Jetzt zieht sie Linien auf einem Blatt und misst bei jedem Strich die Zentimeter und die Millimeter. »Es muss ganz genau sein«, sagt sie. Deswegen dauert das auch so lange. Ich hole schon mal meine schwierige Wörterliste raus und frage, was eine Po-Ente ist. Sie sagt »nachher«, die blöde Kuh.

Jetzt hat sie zu Ende Striche gemacht und zeigt mir das Blatt. Darauf ist eine Art Kreuz zu sehen, ein breites Kreuz mit Schwimmflossen. Dann sagt sie: »So und nun schneide ich das aus«, und tut, was sie gesagt hat. An den linken Daumen hat sie den Nagellack von Vera Olbricht hingeschmiert, aber die Sache mit dem Ausschneiden macht sie eins a, auf den Millimeter genau. Als endlich mal alles ausgeschnitten ist, sagt sie: »So, und jetzt wird's spannend.« Das macht mich aber froh, denn bisher war es todlangweilig. Sie knickt die Teile vom Kreuz hoch, sodass plötzlich eine kleine Schachtel daraus wird. »Wo ist die Klebe?«, fragt Sonja und ich sage »na gut« und hole sie aus meiner Schuhkiste, wo sie immer liegt. Sonja knickt die Schwimmflossen ein und beschmiert sie eins a mit Klebe. Dann drückt sie alles mit ihren verdreckten Fingern fest und die kleine Schachtel ist fertig. »Hier«, sagt sie, »schenk ich dir.« Das hätte ich ja nicht gedacht, dass mir die Nervensäge etwas schenkt und dann noch so eine super Schachtel. Sie sagt: »Du kannst sie auch noch anmalen.« Aber dazu habe ich eigentlich keine Lust.

Jetzt lege ich ihr meine schwierige Wörterliste hin und sage, sie soll mal das Wort hinschreiben, das sie nach dem Angelknoten gesagt hat. *Anekdote* schreibt Sonja in Schönschrift hin, aber ich meine das andere, das Entenwort. Jetzt kapiert sie und schreibt *Pointe*. Es ist sehr komisch, denn es klingt ja eher, als würde man Po-Ente schreiben müssen, also das I ist das Seltsame, aber Sonja sagt, dass sie sich mit Pointen auskennt und das I goldrichtig ist. Naja, wird schon stimmen. Sie ist nicht schön, aber auch nicht dumm, also genau das Gegenteil von Vera Olbricht. Sonja fragt, was ich in die Schachtel reintun möchte und ich sage, einen Opa Langbein. Da kreischt sie und das hört ihr Bruder und der kommt jetzt auch rein, ohne anzuklopfen, und jetzt habe ich die beide am Hals. Er hat schon die Klebe entdeckt und ich denke noch, gar nicht gut und schnappe mir schnell die schwierige Wörterliste, damit er sie nicht zusammenklebt. Sonja schnappt ihm die Klebe weg und sagt: »Das ist Huberts Klebe. Du musst ihn erst fragen.« Macht der aber nicht. Er haut sich zu mir aufs Bett und sagt, dass Sonja in Herrn

Wilde verknallt ist. Die kreischt »stimmt gar nicht!« und haut sich auch aufs Bett, um Kalle den Mund zuzuhalten. Das alles entwickelt sich etwas schnell und unvorhergesehen. Ich verliere den Überblick etwas dabei und ich weiß auch nicht, warum Sonja Kalle den Mund zukleben will und die Klebe überall im Bett und an der Wand landet. Naja, auf jeden Fall schreien die ziemlich laut rum, besonders Sonja, und weil die im Frühstücksraum zufällig gerade nichts zu erzählen und nichts zu lachen haben, hören die das und kommen rein, ohne anzuklopfen, und machen ein Riesending aus der Klebe.

Frau Schenker ruft: »Kalle, wie siehst du denn aus!«

Herr Schenker sagt auch was, ausnahmsweise keine Anekdote, sondern »Sonja! Kalle! Herkommen!«, und es klingt ungut. Es klingt so, als wenn er ein Machtwort spricht und Basta. Dabei sind Sonja und Kalle freie Menschen.

Ich sage: »Aber sie waren doch schon vorher ganz verdreckt«, um sie ein bisschen zu verteidigen, aber meine Mutter sagt: »Hubert! Werde doch endlich mal erwachsen!« und muss sich erstmal hinsetzen.

Ich sage: »Wir sind doch hier nicht im Kindergarten«, weil ich eigentlich sagen will, dass ich nicht auf die schrecklichen Kinder von Schenkers aufpassen will. Aber die verstehen alle etwas anderes und irgendwie soll ich wieder schuld sein und Frau Prodscinski sagt, meine Mutter soll mich doch endlich in ein Heim geben. Das sagt die wirklich, die blöde Kuh. Die Sau. Die ist hier nur Gast und ich wohne hier. Am liebsten würde ich die einfach rauswerfen. »Ich wohne hier, Mann«, sage ich und meine natürlich, dass sich die andern mal benehmen sollen. Zum Beispiel anklopfen. Tun die aber nicht, denken die gar nicht dran. Ich spazier doch auch nicht einfach in Zimmer 3 rein, wenn Prodscinskis zu Gast sind, nur weil ich ein paar Schreie hinter der Tür höre oder was. Aber man kann denen ja nichts erklären und es hört auch keiner zu. Dazu müsste ich Herr Schenker heißen und speziell mit den Armen fuchteln.

»Das machst du selber wieder sauber«, sagt meine Mutter und zeigt auf die Klebe überall. Dann geht sie so schnell sie kann weg und die andern hauen auch ab und sind noch kein bisschen aufgeheitert. Es ist vollkommen klar, dass die Sache mit dem Kuchen eilt. Also morgen gleich nach der Arbeit: Kuchen kaufen, Kuchen herbringen, schnell abhauen, damit ich nicht aus Versehen Ursel begegne.

Dann ziehe ich die Klebebettwäsche ab und neue Bettwäsche drauf und lege die Klebebettwäsche neben die Waschmaschine. Ich stelle mir vor, dass nachts ein Opa Langbein ankommt und über die Bettwäsche laufen will, nur mal so, und mit einem Bein in die Klebe kommt und dass das eine ganz hinterhältige Falle ist. Also lege ich die Bettwäsche anders hin, so, dass oben keine Klebe ist. Die Wand klebt auch noch ein bisschen, aber ich habe keine Lust, das alles abzumachen, also hole ich die Zeitungsausschnitte, die ich mir manchmal aufhebe, und batsche sie an die Klebestellen ran. Zum Beispiel hängt jetzt über meinem Kopf ein Kreuzworträtsel, das meine Mutter und ich mal zusammen gemacht haben: alle Felder ausgefüllt! Oder die Geburtsanzeige von einem Baby mit einem lustigen Namen, nämlich Theobald Gottlieb Hunger, wobei Hunger der Nachname ist. Ich liege im Bett und denke darüber nach, was der kleine Theobald jetzt wohl macht und ob er die Freiheit sucht und schlafe ein.

Das Problem ist Ursel. Sonst ist dies ein normaler Tag mit früh aufstehen und Kater auf dem Weg zur Haltestelle und Bus vier Minuten zu spät und Arbeit bei der Post und Bus zurück zwei Minuten zu spät abgefahren, aber genau richtig angekommen. Dann aber wird er unnormal, denn ich gehe nicht in den Kolk wie sonst. Ich gehe in den Langen Kamp zu Bäcker Fritsche. An der Tür gibt es eine Bimmel und wenn man einmal drin ist, riecht es gut nach Bäcker.

Ich brauche Kuchen für neun Personen, aber dann fällt mir Ursel ein: Ursel ist das Problem. Ich könnte für zehn Personen Kuchen kaufen. Theoretisch. Aber sie ist dick und wer weiß, wie viel Kuchen die so isst. Aber da bin ich schon dran und Frau Fritsche fragt: »Was darf's denn sein, junger Mann?« Ich sage, Kuchen für neun oder zehn Leute. Da sagt sie, ich soll ein ganzes Blech nehmen oder besser zwei, aber zwei sind mir zu teuer. Also nehme ich einen Blechkuchen mit Streuseln. Frau Fritsche gibt mir auch das Blech, aber ich soll es zurückbringen. Ich sage ja. Dann gehe ich nach Hause und hoffe, dass Ursel noch nicht da ist.

Aber im Kolk sehe ich, dass niemand da ist: kein Auto vor unserem Haus. Na klar, die sind allemann am Meer, ist ja auch heiß heute. Ich stelle den Kuchen erstmal in die Küche und sage meiner Mutter, dass ich wieder da bin, damit sie weiß, dass ich noch lebe. Sie hat sich die Haare gelegt und benimmt sich komisch, ich glaube sie hat Lampenfieber. Zum Beispiel hat sie jetzt schon dreimal die Blumen aus der Vase gehoben und wieder reinfallen lassen, damit sie schöner aussehen. Sie sagt: »Um drei kommt deine Zukünftige.« Ich sage lieber nichts, denn ich würde ja sagen, das ist nur Ursel und nicht meine Zukünftige. Dann wäre sie enttäuscht von mir und das wäre ganz unschön, der Mission Aufheiterung unzuträglich. Ich sage jetzt doch etwas, nämlich, dass ich dann mal angeln gehe. Sie kann ja schon mal mit Ursel Kuchen essen. »Ach, der Kuchen!«, sagt meine Mutter und rennt in die Küche zum Backofen, worin ihr Kuchen gerade noch nicht schwarz ist. Da fällt es mir erst auf: Sie hat ja Kuchen gebacken. Ich zeige ihr meinen Kuchen und sie sagt, das ist viel zu teuer und schimpft herum. Auf jeden Fall haben wir jetzt genug Kuchen für zehn, auch wenn Ursel vier oder fünf Stücke isst.

Ich hole meine Angelsachen, aber meine Mutter teilt mir mit, dass ich ihr das nicht antun darf. Da denke ich an Herrn Wilde und den richtigen Moment und sage ganz laut und deutlich nein. Ich will Ursel nicht, aber meine Mutter kann gern mit ihr eine Brieffreundschaft haben. Ist mir egal, meinetwegen. Sie sagt, dass ich ein Kindskopf bin und dass ich einen Filmstar will und dass ich den nie kriegen werde. Und ich sage, ich will, dass alles so bleibt wie es ist und Schluss aus. Sie sagt, dass es leider nicht so bleibt, weil sie nicht mehr lange für mich sorgen kann. Leider. Denn ihr Leben ist schon vorbei. Ich weiß nicht, ob das ein Trick ist, damit ich Ursel zur Braut nehme und ernähre. Vielleicht will meine Mutter mich nur loswerden, weil ich ihr eine Last bin. Auf jeden Fall weiß ich nicht, warum sie so etwas so ernst sagt, so als wenn sie in ein paar Tagen tot umfallen würde, vielleicht sogar schon heute. Plötzlich wird mir ganz komisch und ich gehe mal lieber in mein Zimmer und meine Mutter sagt durch die Tür, dass ich Ursel doch erstmal kennenlernen soll. Ihr zuliebe. Dann deckt sie den Tisch.

15:03 Uhr höre ich etwas, nämlich das Geräusch der Türklingel. Jemand will rein und da fällt mir ein, dass es Ursel ist. Ich renne zum Fenster und sehe draußen eine Tonne mit einem ganz kleinen Handtäschchen stehen. Schon, wie sie da so steht, weiß ich ganz genau, dass ich Ursel nicht mag, auch nicht meiner Mutter zuliebe. Ursel soll einfach den Kolk runtergehen und mit dem Bus Nummer 14 bis zur Endhaltestelle fahren und dann niemals wieder den Bus Nummer 14 in irgendeine Richtung nehmen. Jetzt geht sie aber ins Haus hinein und ich höre schon die Stimme meiner Mutter, die nach mir ruft. Oh Mann. Ich überlege, ob ich mich einschließen soll, aber irgendwie kann ich nicht und dann gehe ich raus aus meinem Zimmer und gebe Ursel meine Hand. Ihre fühlt sich schlabberig an.

»Das ist also der Hubert«, sagt sie zu meiner Mutter.

»Guten Tag«, sage ich und meine Mutter ist ganz glücklich, weil ich es diesmal nicht vergessen habe.

Da bin ich ein bisschen stolz. Ich habe Benehmen. Dann sehe ich mir Ursels Füße an, die ja auf dem Foto nicht mit drauf waren, aber die sind in komischen Schuhen versteckt, obwohl es heiß ist und alle anderen Sandalen tragen.

Ursel hat eine winziggoldene Kette um ihren riesigen Hals. Sie schnürt den Hals so ein bisschen ein. Ich kann da nicht hinsehen, weil ich immer denke, die erstickt als nächstes. Manchmal fährt Ursel mit ihrem dicken Daumen darunter und dann wird es noch schlimmer. Ich frage mich, wie der Kuchen durch die Engstelle passen soll. Aber sie isst gleich los, als wir im Frühstückszimmer am Tisch sitzen. Dabei fragt sie meine Mutter so dies und das. Wie viele Zimmer die Pension am Kolk hat, wie viel eine Nacht kostet, wie groß das Grundstück ist, ob es Schulden gibt, ob es Ersparnisse gibt und wie viel ich bei der Post verdiene. Ich frage sie dann auch mal was, nämlich ob sie bei der Bank arbeitet, und sie sagt »nein wieso«. Da sage ich, weil sie sich so für Geld interessiert. Da sagt meine Mutter »also Hubert!«, aber mir gefällt die nicht. Die ist schlimmer als Frau Prodscinski und die ist ja schon schlimm. Ich will, dass die abhaut. Tut sie aber nicht und meine Mutter zeigt ihr alles, auch die Zimmer von den Gästen, die ja nicht da sind. Auch mein Zimmer. Dabei erzählt

Ursel, was sie alles kann. Sie kann super kochen und super sauber machen und super bügeln und super auf Kinder aufpassen. Meine Mutter ist ganz aus dem Häuschen und bekommt so richtig gute Laune. Zum Schluss bedankt sie sich bei Ursel für den Besuch und sagt, sie hofft, dass wir einen gute Eindruck bei ihr gemacht haben. Und Ursel sagt »ja sehr« und krallt sich an ihrem doofen Handtäschchen fest.

Endlich ist die weg. Ich lasse mich auf den Hocker in der Küche fallen, auf dem ich immer sitze und sage: »Endlich ist die weg!« Meine Mutter türmt sich so richtig vor mir auf und sagt, dass Ursel sehr geeignet ist und dass sie sogar super kochen kann. Ich sage, dass ich Ursel doof finde. Meine Mutter fragt: »Warum denn?«, und da könnte ich Einiges sagen, zum Beispiel das mit dem Geld, aber sie lässt mich gar nicht erklären, warum. Sie redet nämlich selber die ganze Zeit, zum Beispiel, dass ich in ein Heim muss, wenn ich nicht versorgt bin. Nun frage ich: »Warum denn?«

»Weil du dich nicht allein versorgen kannst«, sagt sie. Aber das ist Quatsch, denn ich kann sogar eine Familie ernähren. Ich arbeite bei der Post und danach habe ich Feierabend. Und meine Mutter sagt, dass mein Leben im Heim nicht mehr so frei wäre wie jetzt. Da sage ich ihr aber mal, dass ich gar nicht frei bin, denn ich habe Feierabend und was mache ich die ganze Zeit? Angeln etwa? Und jetzt weint meine Mutter und sagt, dass ich eben nicht so weit blicken kann wie sie und dass ich ihr vertrauen muss, denn sie will das Beste für mich. Und das ist nun einmal Ursel. Oh, wie geht es mir schlecht.

Ich hole meine Angel und gehe angeln. Ich fange natürlich nichts, weil im See hundert Kinder schwimmen und rumschreien. Aber mir ist das egal. Ich sitze einfach an meiner Angelstelle und halte die Angel ins Wasser, das macht mir eben Spaß. Deswegen sitze ich auch noch so da, als die meisten Kinder weg sind und es ein bisschen dunkler wird. Da fange ich trotzdem nichts, aber das ist mir auch egal. Ich sehe mir hier schließlich alles an. Zum Beispiel war das Wasser vorhin durchsichtig und jetzt: undurchsichtig. Ich denke darüber nach. Ich denke auch darüber nach, dass ich immer mache, was meine Mutter sagt, aber dass ich das diesmal nicht mache, weil ich ein freier Mann bin. Wenn ich Ursel heiraten müsste, würde ich neben ihr aufwachen und beim Frühstück ein bisschen auf ihre Kette starren. Gleich am ersten Morgen würde sie einen zu großen Happs von Bäcker Fritsches Brot nehmen und der würde durch die Engstelle nicht durchpassen und sie würde noch ein bisschen röcheln und dann vom

Stuhl auf den Küchenboden kippen. Wenn ich wüsste, dass das gleich am ersten Morgen passiert, würde ich meiner Mutter den Gefallen tun und Ursel heiraten, aber das weiß ich ja nicht. Sowas kann sich hinziehen. Also muss ich es irgendwie hinkriegen, Ursel nicht zu heiraten.

Ich zieh mal die Angelschnur ein, nur so, und es ist grünes Algenzeug am Haken. Das mache ich ab und werfe die Angel wieder aus. Das macht ein schönes Geräusch, so ein Glucks!, aber leiser als wenn Kinder reinspringen. Danach hüpft der Schwimmer noch ein bisschen auf dem Wasser und dann immer weniger. Wenn sich nichts mehr bewegt und ich auch nicht, kommen die Tiere immer näher an einen ran, zum Beispiel die Meisen, die das Schilf mit ihren Minischnäbeln abpicken, und die Insekten, die über das Wasser rennen. Die Fische natürlich auch, und manchmal sieht man sie tunlichst nach Luft schnappen. Ich weiß wirklich nicht, warum man da was ändern soll. Es kann doch alles bleiben, wie es ist.

Als ich nach Hause komme, steht das Kuchenblech noch in der Küche, aber es liegen nur noch Krümel drauf. Also sind alle aufgeheitert. Ich sage meiner Mutter, dass ich wieder da bin und sie freut sich, dass mir nichts zugestoßen ist. Sie sagt, dass der Kuchen sehr gut geschmeckt hat. Frau Prodscinski lobt, dass ich an die Gemeinschaft denke. Morgen fahren Prodscinskis endlich ab. Ich sage endlich – nicht, weil sie schneller abfahren sollen, sondern weil sie so lange da waren. Irgendwann denkt man dann, die wohnen hier wohl. Frau Prodscinski freut sich schon auf ihren richtigen Wohnort und besonders auf Rainer, und dann erzählt sie Frau Schenker alles über Rainer und vielleicht wird ihr Kalle ja auch einmal so tüchtig und so weiter und so fort. Dabei strickt sie ganz schnell viele Reihen hintereinander. Frau Schenker hat noch einen Krümel vom Streuselkuchen im Mundwinkel und sagt nicht viel. Ich glaube, sie hat einen hohen Intelligenzquotienten.

Das Wort *Intelligenzquotient* ist das erste auf meiner schwierigen Wörterliste. Irgendwann hatte meine Mutter nämlich mal genug. Da gab es Leute, die immer sagten, dass ich eine lange Leitung habe und so. Behindert im Kopf. Nicht ganz richtig in der Birne. Meine Mutter wusste ja, dass das nicht stimmt. Also gab es lauter Untersuchungen – und was kam dabei raus? Natürlich nichts, hat meine Mutter gesagt. Ich bin strunzgesund im Kopf. Vollkommen normal. Normaler geht's nicht. Das hat meine Mutter natürlich gefreut und mich auch. Meine Mutter hat gesagt, die Ärzte haben gesagt, dass es vielleicht nur mein Intelligenzquotient ist. Er ist, glaube ich, ein wenig unschnittig. Und damit er ein bisschen schnittiger wird, habe ich seitdem meine schwierige Wörterliste. *Intelligenzquotient* ist aber gar nicht so schwierig, geht eigentlich. Viel schwieriger ist *andante ma non troppo.* Vor allem die Bedeutung. Oder *Imponderabilien.* Ich frage Frau Schenker, ob sie weiß, was Imponderabilien sind und sie sieht kurz auf, weil sie ja Frau Prodscinski zugehört hat und sagt nur »Unwägbarkeiten«. Ich sag doch, die Frau hat was im Kopf: alles voller Wissen da drin. Deswegen unterhält sie sich am liebsten mit Herrn Wilde und wartet darauf, dass der mal endlich kommt, das sehe ich der doch an. Aber der schwimmt bestimmt noch einmal durchs Meer, bis der sich endlich abtrocknet und losfährt.

Ich geh mal in den Garten. Da spielen leider Sonja und Kalle Federball. Sonja schreit mich gleich an: »Zähl mal mit!«, und zählt dann selbst mit, wie oft sie den Federball treffen und es sind höchstens fünfzehn Mal. Es ist langweilig, ihnen bei ihrem Gehampel zuzusehen, also gehe ich in den Schuppen und lass die mit ihrem Hinundhergehaue allein. Im Schuppen ist es ziemlich warm, denn draußen ist es auch ziemlich warm und im Schuppen ist es immer so ähnlich wie draußen. Es sieht hier ganz schön durcheinander aus. Hinten in der Ecke liegt nur noch Kladderadatsch, da sieht man gar nicht mehr, was das eigentlich sein soll. Also gehe ich mal hinten in die Ecke. Aha, das ist das alte Küchenregal, was ich hier mal anbohren wollte. Und das sind zwei Blumentöpfe, von denen einer leider kaputt ist. Ich nehme mir die beiden Teile und sehe sie mir an und denke, dass ich sie ja mal zusammenkleben kann. Ich stelle sie auf die Tonne, damit ich sie nachher mal mitnehme. Dann liegt da noch ein Karton und der Inhalt ist ein bisschen ausgekippt und ich überlege, ob ich alles wieder reinräume, aber merke, dass ich dazu keine Lust habe. Da höre ich Sonja Schenkers Stimme, die sagt ganz laut: »Hubert, du sollst mal zu deiner Mutter kommen!« Ich weiß ja nicht, ob das stimmt oder ob die sich das nur ausgedacht hat, also tue ich so, als wenn ich sie gar nicht gehört habe. Sie ist aber eine Nervensäge und klappert jetzt mit den zwei Blumentopfteilen auf der Tonne rum und da gehe ich doch lieber zu meiner Mutter, als mir das anzuhören.

Die ist aber nicht in der Küche und auch nicht bei der Waschmaschine und auch nicht im Frühstücksraum. Ich sehe ausnahmsweise in ihrer Kammer nach, und da liegt sie auf dem Bett, obwohl sie das unschön findet, wenn Leute auf dem Bett liegen in voller Montur und so. Sie sieht im Gesicht so ein bisschen eingefallen aus. Sie sagt, ich soll mich hinsetzen und da setze ich mich natürlich hin. Und zwar ist es so, dass sie jetzt mal liegen bleibt und dass es lauter Unerledigtes gibt. Ich ahne ja schon, worauf das hinausläuft: Ich soll das natürlich erledigen. Da möchte ich ihr eigentlich sagen, dass ich zufällig Feierabend habe und dass ich jetzt auch lieber schlafen gehe, aber sie sagt plötzlich bitte. Ich bin ganz überrascht und sage gar nichts. Und wenn ich gar nichts sage, sagt sie was, und diesmal sagt sie, dass sie ein bisschen krank ist und dass ich ihr deswegen mehr helfen muss. Ich müsste auch Urlaub nehmen, weil sie öfter zu Untersuchungen muss und ich frage, ob sie ihren Intelligenzquotienten messen will. Der ist bestimmt nicht so hoch wie der von Frau Schenker, sondern eher so wie meiner. Sie runzelt die Stirn und sagt, sie hofft, wieder gesund zu werden, und irgendwas gefällt mir an diesem Satz nicht. Ich muss darüber nachdenken, also will ich in den Schuppen gehen, um mich zum Nachdenken auf die Tonne zu setzen, aber meine Mutter sagt, ich soll ihr erstmal einen Tee kochen und auch alles abwaschen, was noch in der Küche so unschön herumsteht. Na, das kann ja dauern!, denke ich, als ich all die Kuchenteller und so sehe. Die haben auch Saft und Kaffee getrunken, in jedem Glas ist noch ein bisschen Saft drin und in einem davon ist leider eine Wespe ertrunken. Ich frage mich, ob meine Goldfische die Wespe essen wollen und ernähre sie mal damit. Dann koche ich einen Tee mit dem Pfeifkessel und bringe ihn meiner Mutter ans Bett, wasche alles ab und es dauert. Als ich fertig bin, ist es draußen schon fast dunkel.

Da fällt mir der Schuppen ein und dass die Tür noch offen ist. Deswegen gehe ich durch den Garten und will die Schuppentür zumachen, aber da höre ich zwei Stimmen, eine von einer Frau und eine von einem Mann, und die sind im Schuppen und reden ganz leise. Jetzt bin ich natürlich auch extra leise und höre ein bisschen zu. Manchmal reden sie auch nicht. In so einer Redepause räuspere ich mich extra laut und sage ganz überrascht, huch, hier ist ja jemand, ich muss jetzt den Schuppen zumachen, und heraus kommen Herr Wilde und Frau Schenker. Das kann ich sehen, obwohl es fast dunkel ist, denn so ein bisschen was sieht man ja trotzdem. Ich jedenfalls. Ich weiß nicht, wie das bei anderen Leuten ist, muss ich mal fragen. Herrn Wilde habe ich schon oft im Dunkeln im Schuppen gesehen, zum Beispiel mit Vera Olbricht. Und so geht auf jeden Fall ein Tag zu Ende, der gar nicht normal war. Das Schlimmste an diesem Tag war Ursel, aber das habe ich ja überstanden.

Am nächsten Morgen verschlafe ich fast. Ich muss ja um vier aufstehen, aber zum Glück habe ich einen super Wecker. Er sieht aus wie ein Hahn und kräht auch wie ein Hahn; und wenn ich ihn nicht auf eine ganz bestimmte komplizierte Weise ausmache, kräht er nach zehn Minuten wieder los. Also verschlafe ich nicht und renne zum Bus Nummer 14 und rufe Eduardos Kater zu, dass ich keine Zeit habe, und der Bus ist auch noch anderthalb Minuten zu früh, aber zum Glück erwische ich ihn gerade noch so. Bei der Arbeit bin ich müde und vergesse fast, dass ich eine Woche Urlaub nehmen soll, aber das geht in Ordnung, nächste Woche habe ich Urlaub. Der Bus zurück ist genau pünktlich. Ich schlendere also ganz normal nach Hause und sehe, dass vor unserem Haus keine Autos parken. Drinnen suche ich nach meiner Mutter und finde sie ganz einfach in Zimmer 3, weil sie in Zimmer 3 staubsaugt, das hört man ja. Prodscinskis Bettwäsche und Handtücher liegen auf einem Haufen im Flur und sie sagt, den soll ich mit runternehmen. Ich nehme ihn mit runter und dann lege ich mich in voller Montur aufs Bett und schlafe erstmal.

Ich träume, dass Frau Prodscinski etwas in der Nachttischschublade vergessen hat und dass ich es finde. Als ich mich umdrehe, steht Sonja Schenker hinter mir und hält die Hand auf. Ich gebe es ihr aber nicht, da schnappt sie es sich und ich schreie: »Sofort hergeben, das ist meins!«, und sie schreit: »Das gehört Vera Christina Miller!«, und ich schreie: »Den Namen darfst du gar nicht aussprechen!«, als wäre Vera eine Seliggepriesene oder so. Von all dem Gekreisch werde ich selber wach und denke mir, dass ich vielleicht mal nachsehe, was Frau Prodscinski im Nachttisch vergessen hat. Leider sind die neuen Gäste inzwischen da, die hab ich ja gar nicht ankommen hören, aber sie reden alle im Frühstückszimmer. Also gehe ich leise die Treppe hoch und dann in Zimmer 3 hinein, wo schon die Koffer der neuen Gäste stehen. Dann mache ich die Nachttischschublade auf: nichts drin. Auf der anderen Seite vom Bett steht noch ein Nachttisch, dazu muss ich über einen Koffer rüber, Schublade auf: nichts drin. Da bin ich am Ende mit meiner Weisheit. War wohl nur ein Traum. Aber dann kommt zufällig jemand die Treppe hoch und wahrscheinlich ist das jetzt Sonja Schenker, die es auch haben will, aber in der Tür taucht eine fremde Frau auf, noch nie gesehen, und sieht mich an wie ein Gespenst. Also als wäre ich ein Gespenst. Da sage ich, ich dachte, da wäre noch was im Nachttisch und will rausgehen, aber die hält mich fest und fragt: »Hast du etwas gestohlen?« Sie hat ganz schön viel Kraft für so eine alte Schachtel und kreischt auch ganz schön laut. Da geht die Tür von Zimmer 1 auf und Herr Wilde guckt raus und die alte Schachtel lächelt und braucht ihre Hände jetzt für etwas anderes als mich, zum Beispiel, um sich an ihrem Geklunker herumzuwischen und sich durch die gräulichen Haare zu fahren. Herr Wilde sagt ihr, dass ich zum Haus gehöre und dann bittet er mich rein wie ein Gentleman. Ich denke, vielleicht gibt es ja wieder Schnaps und den kann ich ja eigentlich gebrauchen, denn das war jetzt unschön. Wusste ich ja nicht, dass das jetzt das Zimmer der alten Schachtel ist. Herr Wilde holt die Zahnputzbecher und den Schnaps und ich schaue ein bisschen durch die Balkontür. Und jetzt wird mir klar, warum die auf einmal allemann hier sind: Es regnet natürlich. Da können sie schlecht gleichzeitig durchs Meer schwimmen. Herr Wilde sagt, dass das von gestern doch unter uns bleibt und ich weiß gleich, was er meint, denn ich bin ja nicht blöd. Ich sage: »Ja, klar«, und Herr Wilde nickt zufrieden. Da frage ich ihn, nur so ganz nebenbei, als würde mich das gar nicht interessieren, wie er das mit den Frauen eigentlich macht, ich würde ja auch gern mal im Schuppen und so. Er überlegt. Dazu hebt er die Arme hinter den Kopf und legt ein Bein auf das andere, wie das so seine Art ist. Dann sagt er, es muss an seiner Persönlichkeit liegen. Wir trinken den Schnaps. Er sagt, ich soll den Frauen Komplimente machen. Das würde ich mich allerdings nie trauen und er sieht den Zweifel in meinem Blick, weswegen er das jetzt mal genauer erklärt. Also: Ich soll bei einer Frau üben, die ich gar nicht toll finde, da ist das viel leichter. Also welche Frau ich denn nicht so toll finde. Und ich sage, die alte Schachtel aus Zimmer 3 oder Frau Prodscinski, aber er sagt, das wären nicht so geeignete Personen, zumal Marion ja schon abgereist ist. Aber dann habe ich eine geniale Idee und sage Sonja Schenker.

»Ja, sehr gut«, sagt Herr Wilde. »Was für ein Kompliment würdest du ihr denn machen?«

Und ich sage: »Dass ich sie schrecklich finde«.

Herr Wilde nickt und fragt, ob es irgendetwas Gutes an ihr gibt.

Ich überlege lange und trinke dabei den ganzen Zahnputzbecher aus. Dann fällt mir ein, dass sie eine niedliche Affennase hat, wovon Herr Wilde abrät. Ich sage, dass sie eins a ausschneiden kann und so, und da sagt Herr Wilde, dass ich das mal Sonja Schenker sagen soll. Und dann warten, wie sie reagiert. Das ist dann sehr aufschlussreich. Darüber werde ich mal nachdenken und mache das lieber auf der Tonne, also gehe ich raus. Ich gehe die Treppe noch nicht runter, weil ich unten meine Mutter reden höre und ich will ja zur Tonne und nicht helfen. Sie spricht gerade über mich: »Wenn Hubert nicht bald aufwacht, muss ich ihn wecken gehen.« Und als sie das Wort *bald* sagt, fällt mir auf, dass das Wort in dem anderen Satz gefehlt hat: Sonst will sie immer *bald* wieder gesund werden. Es ist so viel, worüber ich jetzt endlich mal nachdenken muss und das kann auch nicht mehr warten, deswegen renne ich die Treppe runter und an meiner Mutter und einem anderen neuen Gast vorbei in den Garten hinein, durch den Regen Richtung Schuppen. Der Apfelbaum hat ganz nasse Blätter und ich denke kurz, dass der aussieht, als würde der sich gleich schütteln. Also renne ich noch schneller in den Schuppen, mache die Tür von innen zu, hänge das Häkchen ein und lege die beiden Hälften vom Blumentopf zurück zum Kladderadatsch, weil ich die Tonne jetzt zum Draufsitzen brauche, und dann denke ich nach und die Regentropfen prasseln auf das Dach wie nicht gescheit.

Ich habe jetzt Urlaub. Das ist bei mir so wie mit dem Feierabend: Eigentlich sollte ich jetzt nur noch machen, wozu ich Lust habe, aber in Wirklichkeit helfe ich die ganze Zeit. Die anderen, die Urlaub haben, lassen sich bedienen, sitzen in den Liegestühlen oder laden ihre ganzen Strandsachen in ihre Autos und brausen ab. Ich muss ganz schön viel helfen, weil meine Mutter dreimal zu drei Untersuchungen wegmuss. Am Freitag hat sie auch noch 53. Geburtstag und da hat sie zum Glück keine Untersuchung.

Ich muss dreimal Frühstück bringen. Das ist ganz schön anstrengend, denn Herr Wilde trinkt fünf Kannen Kaffee und die anderen wollen ja auch noch was von einem. Nur Herr Schenker sagt morgens gar nichts: kein Guten Morgen, keine Anekdote, kein Machtwort. Frau Schenker sagt, dass sie alle Tee nehmen. Schenkers sitzen an einem Tisch zusammen und Frau Schenker vermittelt ihr Wissen an Sonja und Kalle. Zum Beispiel sagt sie, dass man den Käse aufessen muss, weil er Jahre braucht, um zu feminieren oder so ähnlich und dass sie heute an den Strand können, weil am Himmel nur Kumunkuluswolken entlangziehen und so weiter und so fort. Sonja und Kalle krümeln solange mit ihren Brötchen rum. Manchmal wirft Frau Schenker Herrn Wilde Blicke zu, aber er wirft keine zurück, sondern trinkt Kaffee und unterhält sich mit den beiden neuen Gästen aus Zimmer 3, die er an seinen Tisch gewinkt hat.

Auf der Gästeliste steht, dass die alte Schachtel Irmgard Tränk heißt (alles andere hat sie nicht ausgefüllt) und dass die andere ihre Tochter Cecilia Tränk ist, geboren am 2. Februar 1950 in Köln, Familienstand ledig. Wenn man sie ansieht, fällt gleich auf, dass sie Augen hat so schön wie aus Glas und ich spreche nicht nur für mich, wenn ich sage, dass es sehr schön wäre, wenn Cecilia mal im Bikini im Garten sitzen würde. Macht die aber nicht, sondern liegt lieber im Bikini am Strand, wohin sie gleich von Herrn Wilde in seinem gelben VW Bus gefahren wird. Die alte Schachtel kommt auch mit und lässt ihren hellblauen Citroën SM stehen. Schenkers fahren mit ihrem eigenen Auto. Das ist dann auch voll mit vier Leuten und Wasserbällen und Luftmatratzen und Schwimmringen, aus denen sie die Luft nicht rauslassen, damit sie nicht den ganzen Tag zum Aufpusten brauchen. Ist ja auch vernünftig, wahrscheinlich hat sich Frau Schenker das so ausgedacht.

Als die alle weg sind, gehe ich in den Garten und lege mich erstmal in den Liegestuhl und schlummere. Es ist auch ganz schön, wenn meine Mutter bei einer Untersuchung ist, dann kann sie nicht sehen, dass ich hier herumsitze und der Rasen gar nicht gemäht ist und im Frühstücksraum die ganzen vollgekrümelten Teller stehen und da, wo Sonja und Kalle gesessen haben, auch vollgekrümelte Stühle. Und die Küche erst! Eingekauft hat auch niemand und niemand hat bei Bäcker Fritsche die Brötchen für morgen bestellt. Jetzt ist niemand da, der das ganze Unerledigte erledigen will. Mit diesen schönen Gedanken schlafe ich ein. Es ist aber ziemlich heiß, und das kann ungemütlich werden, also stehe ich mal langsam auf. Als ich in den Frühstücksraum komme und es sieht so krümelig darin aus, gehe ich mal lieber zu Bäcker Fritsche und bestelle die Brötchen. Dazu schließe ich das Haus nicht extra zu, kommt ja sowieso keiner. Und wie ich so den Kolk langgehe, wundere ich mich, dass der Kater gar nicht zu sehen ist, aber dann fällt mir ein, dass das nicht seine Zeit ist. Da, wo er sonst immer ankommt, ist jetzt nur ein bisschen Huflattich zu sehen. Sonst ist hier nicht viel, nur ein Lindenbaum, der Zeug abwirft. Da gehe ich lieber weiter zu Bäcker Fritsche und als ich reinkomme, bimmelt die Glocke und Frau Fritsche fragt mich gleich nach dem Blech. »Welches Blech?«, frage ich und sie sagt: »Na das vom Streuselkuchen, junger Mann.« Ach ja, richtig, das hatte ich schon vergessen. Ich sage, ich gehe es holen und dann gehe ich den ganzen Weg zurück: Türbimmel, Kolk, Pension am Kolk mit Tränks Citroën auf dem Parkplatz, also keiner da. Ich gehe rein und suche das Backblech. Es ist im Ofen und zum Glück sauber. Tür zu, Kolk, Türbimmel. Dann gebe ich Frau Fritsche das Backblech und sie fragt, wie viele

Brötchen wir für morgen brauchen und ich sage achtzehn Stück. Da fällt mir noch was ein und ich sage es auch: Meine Mutter hat am Freitag Geburtstag. Frau Fritsche sagt, sie macht eine Geburtstagstorte. Türbimmel, Kolk, Pension am Kolk mit dem Citroën davor, also immer noch keiner da. Jetzt bin ich ganz schön hin- und hergerannt. In der Küche setze ich mich erstmal auf den Hocker, auf dem ich immer sitze, und denke, es reicht. Ich sitze nur noch da und sehe ein bisschen vor mich hin. Auf der Anrichte liegt etwas Unnormales. Ach ja, das ist ja der Zettel, den meine Mutter geschrieben hat: was ich alles machen soll. Ich beuge mich vor und versuche, den Zettel ohne aufzustehen zu schnappen, was ganz schön schwierig ist. Ich rücke den Hocker ein bisschen vor und dann klappt es. Da steht also, was ich alles machen soll. Hinter einigen Sachen ist ein Ausrufezeichen, zum Beispiel *Brötchen bei Bäcker Fritsche bestellen!* Wie geht es mir gut, habe ich ja längst gemacht. Da soll nochmal jemand sagen, dass ich mich nicht versorgen kann, ha! Dann steht da noch *Einkaufen!* und dahinter alles, was ich einkaufen soll. Dazu habe ich jetzt aber wirklich keine Lust. Ich bin die ganze Zeit rumgerannt, da geh ich doch jetzt nicht einkaufen.

Es bimmelt und ich überlege, wie das kommt. Ach ja, das Telefon natürlich. Ich gehe zur Rezeption, nehme den Hörer ab, räuspere mich und sage: »Guten Tag, Pension am Kolk, Pension Garni, Flakenort?« Es meldet sich Ursel. Oh, wie geht es mir schlecht! Sie sagt, dass sie meine Mutter sprechen möchte und ich sage, meine Mutter ist zufällig nicht zu sprechen und sie braucht auch nicht nochmal anzurufen. Sie sagt, sie will wegen der Modalitäten mit meiner Mutter sprechen. Das Wort *Modalitäten* muss ich mir für meine schwierige Wörterliste merken, aber vorderhand sage ich, dass meine Mutter die ganze Woche nicht kann, weil sie am Freitag Geburtstag hat. Ich hoffe, dass sie es jetzt kapiert hat und uns in Ruhe lässt, aber sie sagt, dass sie es später nochmal versucht, die blöde Kuh. Als ich auflege, sehe ich im Spiegel an der Rezeption, wie es im Frühstücksraum aussieht: unaufgeräumt. Ich gebe mir also einen Ruck und gehe in den Frühstücksraum. Zwei Wespen essen Marmelade. Da gebe ich mir noch einen Ruck und fange an, all die Sachen auf ein Tablett zu räumen, aber eins reicht da natürlich nicht, und da renne ich schon wieder rum, immer zwischen Frühstücksraum und Küche, bis endlich alles weg ist. Dann nehme ich mir einen Waschlappen und wische die Tische ab und die Stühle von Sonja und Kalle. Dann nehme ich mir sogar noch den Besen und fege die ganzen Krümel weg. Dann setze ich mich erstmal hin und denke, dass ich noch nie so viel rumgerannt bin. Ich schaue ein bisschen aus dem Fenster und dann sehe ich auch das Goldfischglas mit Lutz und Vera. Richtig, die gibt es ja auch noch. Die bewegen sich gar nicht, oh Mann, bestimmt sind die hinüber. Verhungert. Ausgedörrt. Aber dann bewegt sich doch einer davon, es ist Vera, und ich gebe ihnen extra viel zu essen, damit sie nicht denken, dass ich sie nicht mehr versorgen will und abhauen. Dann sehe ich den beiden lebenden Goldfischen zu und es ist alles etwas langweilig. Ich sehe ihnen noch ein bisschen mehr zu und finde es jetzt maximal langweilig. Langsam könnte mal jemand kommen.

Als erstes kommt meine Mutter von ihrer Untersuchung zurück. Ich höre, wie die Tür aufgeht und freu mich schon, aber dann ruft sie aus der Küche: »Wie sieht es denn hier aus!« Ich sage mal lieber nichts, vielleicht kommt sie in den Frühstücksraum und sieht, wie aufgeräumt es hier ist. Solange sehe ich den Goldfischen zu, die noch gar nicht alles Futter aufgegessen haben. Ich habe Glück und meine Mutter kommt rein. Sie setzt sich auf den Stuhl, auf dem beim Frühstück die alte Schachtel gesessen hat und fragt, was denn mit der Küche los ist. Ich sage, dass ich das noch nicht geschafft habe. Sie fragt, was ich den ganzen Tag gemacht habe und ich erzähle ihr vom Frühstück und wie ich den Frühstücksraum aufgeräumt habe und von Bäcker Fritsche. »Hast du denn wenigstens eingekauft?«, fragt sie und ich überlege kurz, ob ich ja sage, aber man soll ja nicht lügen. Meine Mutter findet es ganz unschön, dass ich nicht gelogen habe, also die Wahrheit ist nicht so besonders schön für sie, und sie sagt, dass ich jetzt ganz schnell einkaufen muss, bevor der Laden zumacht und sie bringt ganz schnell die Küche in Ordnung, bevor die Gäste wiederkommen. Also gehe ich tunlichst einkaufen und hechte am Huflattich und so vorbei, denn es eilt ja. Die Gäste brauchen Butter und Eier zum Frühstück. Sie haben schließlich Urlaub. Als ich mit dem vollen Einkaufsnetz wieder in den Kolk komme, steht der gelbe VW Bus von Herrn Wilde da. Die Küche ist sauber und eingekauft ist ja jetzt auch. Alles nochmal gut gegangen.

Herr Wilde fuhrwerkt im Garten herum und nachdem ich ihm eine Weile zugesehen habe, weiß ich, was er vorhat: ohne Grill grillen. Das ist für Herrn Wilde kein Problem. Er hat sich von meiner Mutter den Ofenrost ausgeliehen und von mir sozusagen die Backsteine, die ich an der Schuppenwand aufgestapelt hatte. Aus denen baut er jetzt vier Mauern. Dann, zack, bisschen Grillkohle rein und

Ofenrost obendrauf, fertig. Dabei hat er die ganze Zeit eine Zigarette im Mundwinkel hängen und bekommt den Rauch nicht in die Augen. Er bekommt die Grillkohle ganz leicht an und schon sind Kalle und Sonja Schenker da. Die riechen so etwas aus hundert Metern Entfernung. Jetzt fangen wir alle an, Bänke zu bauen und nehmen dazu noch mehr von den Backsteinen, aus denen wir kniehohe Türme bauen. Dann legen wir die Bretter aus dem Schuppen darüber, die früher mal Küchenregal waren. Das macht vielleicht Spaß! Zwischendrin ruft meine Mutter nach mir und Herr Wilde ruft zurück: »Der kann jetzt nicht.« Als wir alle Bänke fertiggebaut haben, holt Herr Wilde seine Schnapsflasche und Plastikbecher raus und gießt in zwei davon viel, in zwei davon wenig ein. Sonja und Kalle bekommen die Becher mit wenig. Dann stoßen wir an und dabei riecht es vom Grill her schön angesengt und der Apfelbaum am Schuppen sieht besonders lustig aus heute, obwohl er natürlich immer viel lustiger aussieht als der Birnbaum, und ich denke, wie geht es mir gut. Sonja trinkt ihren Schnaps aus und verzieht keine Mine, aber Kalle macht ein Riesentheater und findet Schnaps ekelig. Herr Wilde und ich sind Schnapstrinken ja gewohnt. Herr Wilde macht alles nicht so kompliziert wie andere Leute, und ich denke noch, dass der ganze Abend super werden wird und vielleicht sogar die ganze Zukunft.

Der Abend wird dann aber doch nicht so schön, weil die anderen Leute, die es kompliziert machen, ja auch zum Grillen kommen. Zuerst Frau und Herr Schenker. Sie ist ganz begeistert, wie schön Herr Wilde alles aufgebaut hat, und bekommt dann erst so langsam raus, wie es wirklich war, denn Sonja erzählt es ihr. Frau Schenker ist dann nicht mehr ganz so begeistert, weil sie auch Sonja, Kalle und mir sagen muss, wie toll wir das hier gemacht haben. Kalle wird davon ganz übermütig und erzählt, dass er einen Schluck Schnaps getrunken hat. Frau Schenker sagt, das glaubt sie ihm nicht und da haucht er sie an. Und Herr Schenker lacht noch und will gerade eine Anekdote anfangen, hat sogar schon die Gardine vor sich weggezogen, da geht aber ein Donnerwetter los! Ich möchte da nicht in Herrn Wildes Haut stecken, denn Frau Schenker geht ganz schön an die Decke. Ich fasse mal zusammen: Er hat zwei Minderjährigen und einem Minderbemittelten Alkohol ausgeschenkt. Das ist a) inakzeptabel, b) verantwortungslos und c) kriminell. Er lacht aber nur und schenkt ihr auch einen Schnaps ein, den sie aber nicht haben will, vielleicht weil sie nicht minderjährig und minderbemittelt ist. Herr Schenker aber schon. Der nimmt den Schnaps und setzt sich ganz an den Rand der Bank und trinkt den Schnaps aus, aber nicht so lustig, wie wir vorhin, sondern so traurig wie ein einsamer Säufer. Ich bekomme richtig Mitleid mit ihm und setze mich neben ihn, aber er fragt nur, was ich will und das klingt nicht nett. Mir doch egal. Dann eben nicht. Frau Schenker ist ganz aus dem Häuschen und kreischt, dass sie noch nie so einen Egoisten kennengelernt hat, und rennt rein. Irgendwie ist es schön, dass sie weg ist, auch wenn wir uns erstmal wieder überlegen müssen, was wir jetzt machen. Es ist plötzlich so still. Da nimmt Herr Wilde die Würstchen und legt sie auf den Grill und Sonja und Kalle wollen sie drehen und Herr Schenker will allein saufen. Ich sage zu Herrn Wilde, dass er sich nichts draus machen soll, wenn Frau Schenker ihn egoistisch findet. Ich finde ihn nämlich nobel, wenn er seinen Schnaps mit uns teilt, und er freut sich richtig, das sieht man.

Da habe ich eine Idee. Ich wollte doch Sonja Schenker sagen, dass sie eins a ausschneiden kann. Sie kann aber auch ganz gut Bänke bauen, Würstchen umdrehen und Schnaps trinken, und zwar ohne Theater zu machen. Und gerade will ich ihr ein Kompliment machen, da sagt sie: »Hubert, hol mal noch Teller her!«, denn wir haben hier draußen gar keine

Teller. Was soll ich da machen? Ich hole natürlich die Teller aus der Küche und meine Mutter sagt, als sie mich mit dem Stapel an der Treppe vorbeikommen sieht: »Nicht die.« Also muss ich die anderen Teller nehmen und damit raus und Sonja Schenker sagt: »Na endlich, die Würstchen sind schon schwarz«, und ich finde sie schrecklich.

Jetzt, wo alles fertig ist, kommt auch die alte Schachtel mit ihrer Tochter raus. Die wollen von Herrn Wilde etwas zu essen und zu trinken, aber es gibt nichts zu trinken außer Schnaps und Bier und da sagt die alte Schachtel zu mir, ich soll mich mal nützlich machen und von drinnen Saft holen. Ich sage: »Ich will keinen Saft«, denn ich habe mich schon nützlich gemacht und habe Urlaub, und Herr Wilde gibt mir ein Bier rüber. Wir essen alle unsere Würstchen und Cecilia sagt, dass da bestimmt viel Fett drin ist und wehe, wenn sie nach dem Urlaub nicht mehr in Größe 36 passt. Aber sie nimmt trotzdem eine zweite Bratwurst und eigentlich schmeckt es ihr. Die alte Schachtel hat schlechte Laune und versucht, Herrn Wilde zum Saftholen zu schicken, aber er sagt nur: »Fragen Sie doch mal Therese«, und da bleibt sie auf ihrem Hintern sitzen.

Weil keiner richtig was sagt, erzählt Cecilia von sich. Sie besitzt zum Beispiel sechzig Paar Schuhe und zwanzig Handtaschen, auch wenn man sich das gar nicht vorstellen kann. Ich versuche mir das trotzdem vorzustellen, wie sie morgens schnell losmuss, zum Beispiel wie ich zur Post, und wie sie erst alle sechzig Paar Schuhe, also insgesamt hundertzwanzig Schuhe anprobieren muss und wie lange das dauert! Sie muss eine Stunde früher aufstehen, mindestens, vielleicht auch zwei. Sie sagt, ihre Abendhandtasche ist unentbehrlich. Darin hat sie immer nur drei Sachen: einen Lippenstift, einen Wohnungsschlüssel und fünfzig Mark. Das Geld nimmt sie nie raus, damit sie immer einen Notgroschen hat, dann kann sie nämlich ein Taxi nach Hause nehmen, wenn es nötig ist. Herr Wilde gähnt ein bisschen. Cecilia sieht das und sagt, er kann ja etwas Interessanteres erzählen. Da setzt er sich anders hin, wie es so seine Art ist, und fängt an, von Afrika zu erzählen, wo er schon oft hingefahren ist, weil er dort arbeitet. Er erzählt von Riesenhörnchen und Antilopen, bis es sogar schon dunkel ist und eine Sternschnuppe über den Himmel saust. Ich wünsche mir natürlich sofort: nach Afrika fahren. Ich sehe mich durch das wogende Steppengras schlendern, wo ich mir ein Zebra fange, um ein Stück darauf zu reiten. Wir reiten so dahin, ich mit Hut und Angel, das Zebra nur mit mir auf dem Rücken. Als nächstes kommen wir zum zentralafrikanischen Feuermoor, worin schon viele standhafte Männer versunken sind, aber mein Zebra wiehert und bleibt stehen. Recht hat es. Ich sage ihm Adieu und fange mir lieber eine Giraffe, die mich zum zentralafrikanischen Teufelssee bringt. Dort werfe ich meine Angel aus, sitze schön auf dem Rücken meiner Giraffe und ernähre sie mit den hiesigen Fischbeständen. In der Ferne sehen wir ein Dorf und wie dort ein Fest vorbereitet wird. Die Grillkohle raucht. Deswegen reiten wir hin und werden mit Jubel begrüßt, denn ich habe Fische mit, die jetzt alle essen, auch die Kinder. Und da bin ich dann so wohlig und froh, dass ich zu Sonja Schenker doch noch sage, dass sie super Würstchen grillen und Schnaps trinken kann. Leider keine aufschlussreiche Wirkung. Alle sagen Gute Nacht. Als ich ganz spät die Tür vom Schuppen zumache, ist da doch schon wieder Herr Wilde, diesmal mit Cecilia Tränk. Ich sag ihm gleich, dass das unter uns bleibt, aber Cecilia sagt, dass ich es Frau Schenker ruhig erzählen kann.

An diesem Abend hat meine Mutter nicht mitgegrillt, weil sie sich lieber hingelegt hat. Am nächsten Morgen muss sie schon wieder zu einer Untersuchung und ich habe wieder die ganze Arbeit am Hals und mache sie diesmal viel besser. Sonja Schenker fällt nach dem

Frühstück plötzlich ein, dass sie mir beim Abräumen helfen will und dann will sie mir beim Abwaschen helfen und lässt sofort das Wasser einlaufen, obwohl ich jetzt eigentlich noch nicht abgewaschen hätte. Aber Sonja erklärt mir, dass wir in einem Hotel angestellt sind und eine schreckliche Chefin haben, die uns rauswirft, wenn wir nicht ganz schnell arbeiten. Wir stellen uns die schreckliche Chefin genau wie Ursel vor, und es ist alles sehr schlimm für uns, zumal Ursel sogar schon einmal jemanden mit dem Küchenmesser erstochen hat, weil der nicht schnell genug war. Wir sind richtige Sklaven.

Als Sonja losmuss zum Strand, sehe ich, dass der Citroën von den Tränks weg ist, aber der VW Bus von Herrn Wilde noch da. Er war auch gar nicht beim Frühstück. Also klopfe ich an seine Tür und hoffe, dass er noch lebt, und er fragt, ob ich ihm bitte einen Kaffee und eine Aspirin bringen würde.

Als ich ihm den Kaffee auf den Nachttisch stelle, frage ich, ob er Cecilia Tränk vielleicht liebt und er murmelt: »Sie ist doch ganz hübsch.«

Ich frage ihn, ob Cecilia Tränk ihn vielleicht liebt und er sagt: »Natürlich.«

Dann frag ich ihn, ob er damals im Schuppen vielleicht Vera Olbricht geliebt hat, aber er legt sich das Kopfkissen auf seinen Kopf und es sieht aus, als ob niemand da wäre. Ich möchte dann auch nicht allein in Zimmer 1 sein und gehe mal lieber zu Bäcker Fritsche Brötchen bestellen. Diesmal bin ich aber vorbereitet. Ich nehme nämlich den Einkaufszettel, das Geld und das Einkaufsnetz gleich mit und ratzfatz ist alle Arbeit gemacht. Nichts Unerledigtes weit und breit. Wenn ich an dem Tag nicht noch vier Kannen Kaffee für Herrn Wilde gekocht hätte, hätte ich sogar noch angeln gehen können.

Als meine Mutter zurückkommt, freut sie sich aber nicht, sondern sagt, dass ich mich mal hinsetzen soll. Sie legt die Hände in den Schoß und macht eine Kunstpause. Dann sagt sie, dass sie wohl ziemlich krank ist und dass ich deswegen in nächster Zeit öfter helfen muss und ich sage gleich, das geht klar. Sie sagt auch, dass ich heiraten muss, denn sie weiß keine andere Lösung, wie ich versorgt werden kann und Ursel wirkt wie eine, die nicht verwöhnt ist. In der Stadt ist ein Kaffeehaus, sagt meine Mutter, und da soll ich Ursel treffen, um sie mal allein und in Ruhe kennenzulernen und dann werde ich schon sehen. Sie hat das schon arrangiert für nächste Woche. Sie holt das Foto aus ihrer Handtasche, worauf Ursel keine Füße hat und gibt es mir, als wenn ich sie ohne Foto gar nicht wiedererkennen würde, dabei würde ich die auf tausend Meter Entfernung wiedererkennen.

Aber ich will mal nicht so sein: Kaffeetrinken ist ja nicht so schlimm und vielleicht verschluckt sich Ursel am Kuchen und dann hat sich das Urselproblem erledigt. Also sage ich, das geht klar. Meine Mutter hat plötzlich Tränen in den Augen, obwohl sie weiß, dass ich das nicht abkann.

Aber es kommt noch schlimmer. Also es werden noch mehr Tränen und sie sagt, ich soll gut zuhören, und das macht mich gleich misstrauisch. Sie trompetet in ihr Taschentuch wie nicht gescheit. Ich bin ganz hin- und hergerissen, denn mir gefällt das alles nicht und es fühlt sich an wie eine Falle, aber sie tut mir auch leid und ich möchte nicht, dass sie unfroh ist. Jetzt hört sie zum Glück ein bisschen auf zu weinen und sagt, dass sie mir was sagen muss. Sie sieht irgendwie lustig aus mit ihrer roten Nase und ihrer Dauerwelle, mit der ihr Kopf insgesamt ein bisschen was von einer Diestel hat. Als sie zu Ende geschnieft und trompetet hat, kommt es: Es ist nämlich so, dass meine Mutter an allem schuld ist. Ich fasse zusammen: Als mein Vater abgehauen ist, hat sie gesoffen und da war sie gerade schwanger. Also mit mir. Ich muss irgendwie lachen, weil ich mir gar nicht vorstellen kann, wie meine Mutter säuft und frage sie natürlich, wie sie das gemacht hat, ob sie vielleicht Schnaps aus einem Zahnputzbecher getrunken hat. Aber sie sagt, dass es da nichts zu lachen gibt und dass sie auch gar keinen Schnaps getrunken hat, sondern Anislikör. Sie wollte eine Fehlgeburt, aber später ist sie sehr froh gewesen, als ich geboren wurde und wie niedlich ich gewesen bin! Da hat sie mich geliebt wie eine Mutter ihr Kind lieben soll. Meine Mutter trompetet wieder in ihr Taschentuch und macht eine Pause. Dann sagt sie, dass es schrecklich war, als allen auffiel, dass ich im Kopf ein bisschen anders bin als andere Kinder – normal, aber eben anders. Da war ihr nämlich auch wieder eingefallen, dass sie gesoffen hat und daran schuld ist. Sie hat es bereut und geschworen, dass sie sich bis zu meinem Lebensende um mich kümmert. Jetzt ist sie es mir schuldig, dass ich das alles erfahre. Ich finde das sehr nobel von ihr. Deswegen nicke ich und sie fährt ganz ermuntert fort, dass es deswegen notwendig ist, dass ich Ursel heirate, weil sie ja irgendwann nicht mehr da ist. Sie hat es schon arrangiert und ich muss nur begreifen, dass es das Beste ist.

Ich starre sie ein bisschen an. Oh, wie geht es mir schlecht! Da legt die mich so rein! Erst erzählt sie mir eine Emotionsgeschichte, in der sie an allem schuld ist, und dann muss ich irgendwie Ursel heiraten oder was. Ich meine, was sagt man dazu. Dazu fällt einem doch nichts mehr ein. Mir fällt auf jeden

Fall nichts ein und ich höre jetzt zum Glück etwas und es ist Herr Wilde, der die Treppe runterkommt, an die Küchentür klopft und eine Kanne Kaffee möchte. Er hat seinen Bademantel an und verstrubbelte Haare. Meine Mutter springt gleich auf. Er fragt, was denn los ist, denn er sieht die rote Nase meiner Mutter. Sie macht Kaffee, also sage ich zu ihm, dass meine Mutter will, dass ich die dicke Ursel heirate. Er findet das lustig und ruft: »Hilfe! Was soll denn der arme Hubert mit einer dicken Ursel?«, und das bringt meine Mutter ganz aus dem Konzept. Eben war das alles noch ganz logisch für sie und jetzt weiß sie nicht, was sie sagen soll. Also sagt sie: »Herr Wilde, das können Sie nicht verstehen. Hubert muss versorgt sein, wenn ich nicht mehr für ihn da bin.« Und Herr Wilde sagt, dass meine Mutter natürlich völlig recht hat und dass sie sich alles gut überlegt haben wird und er ist der Gentleman und ich löse mich auf meinem Hocker in dicke Luft auf, weil das einfach Verrat ist, dass er sowas sagt. Wie geht es mir schlecht. Erst ganz am Ende sagt er endlich: »Aber doch nicht die dicke Ursel!« Meine Mutter fragt, ob er Ursel überhaupt kennt, und er sagt nein, aber das Bild hier reicht. Jetzt tut mir Ursel ein bisschen leid, weil sie ja nichts dafür kann, dass sie dermaßen blöd aussieht. Aber das kann ich jetzt nicht sagen, also halte ich die Klappe. Meine Mutter fragt ihn, ob er eine bessere Idee hat, und ich bin gespannt und denke, wenn der jetzt eine bessere Idee hat, bin ich das Urselproblem los. Er sagt, da muss er mal nachdenken. Also: Fehlanzeige. Meine Mutter gibt ihm die Kaffeekanne, damit er damit ins Zimmer 1 geht, aber er setzt sich zu uns an den Tisch und trinkt sie aus, obwohl es schon sechs Uhr abends ist und der Kaffee auch ganz schön heiß. Als meine Mutter einmal aus der Küche rausgeht, flüstert Herr Wilde, wie es denn mit Vera Olbricht wäre, die hätte mir doch gefallen. Ich sage: »Familienstand verheiratet.« Herr Wilde zuckt mit den Schultern. Dann erzählt er von Afrika, aber nicht mehr von Breitmaulnashornjungen und so, sondern von der Armut. Als ich an dem Tag endlich ins Bett gehe, bin ich ganz traurig, weil ich an die hungrigen Kinder denken muss.

Der nächste Tag ist Freitag und da denke ich gleich nach dem Aufwachen nur eins: Meine Mutter hat Geburtstag. Das bedeutet a) Torte von Bäcker Fritsche abholen, b) helfen, helfen, helfen, c) leider nicht angeln gehen. Zuerst gehe ich mal raus. An unserer Türklinke hängt schon der Beutel mit den Brötchen, den Bäcker Fritsche da halb sieben hinhängt, und ich sehe nach, ob die Torte dort auch hängt: nein, keine

Torte da. Ich gehe also den Kolk runter und da, beim Huflattich, sitzt Eduardos Kater. Er schnurrt etwas und wenn ich zum Beispiel sage: »Meine Mutter hat heute Geburtstag«, dann miaut er ein bisschen, weil er höflich ist. Der hat richtig Anstand im Leib. Leider hat er eine Zecke über dem Auge, also muss ich ihm erstmal die Zecke abmachen. Er zuckt ein bisschen, aber dann ist er ganz froh und schnurrt wieder rum. Er spielt auch gern mit dem Zeug, das von der Linde abfällt, und weil das mit der Zecke für ihn ja nicht so schön war, spiele ich mit ihm und dem Zeug noch eine Weile und er versucht immer, das ganze Zeug zu fangen und aufzuessen. Dann sage ich zu ihm: »So, und jetzt muss ich los.« Er ist darüber so traurig, dass ich ihn noch fünfzigmal streichle. Und dann noch fünfmal dazu. So. »Und jetzt muss ich wirklich los«, sage ich mit ganz tiefer Stimme, da kapiert er, dass jetzt wirklich Schluss ist mit dem Luderleben und dass ab jetzt gearbeitet wird. Alles Unerledigte wird erledigt! Ich gehe also den Kolk weiter runter und als ich mich umdrehe, sitzt der Kater ganz einsam unter dem Lindenbaum und guckt mir hinterher. Wie geht es mir schlecht! Ich denke immer noch an den Kater, den ich im Stich gelassen habe, als die Bimmel bei Bäcker Fritsche bimmelt und sage ganz traurig zu Frau Fritsche, dass ich die Torte abholen möchte. Es ist eine riesige Sahnetorte, mit drei Schichten weißer und rosa Creme und einer Zahl oben drauf, die leider keine 53 ist, sondern aus Versehen eine 63. Das sage ich Frau Fritsche aber nicht, sondern tue so, als wäre die Torte super. Sie macht den Karton mit der Torte zu und gibt ihn mir. Es ist ganz schön teuer, aber ich kann mir das leisten.

Ich geh dann so mit der Torte zurück in den Kolk und unter der Linde sitzt immer noch der Kater. Jetzt kommt er mir entgegen und streicht mir um die Beine. »Na«, sage ich, »willst du mal die Torte sehen?«, und ich zeige ihm die Torte. Er schnuppert dran rum und ich zieh die Torte ein bisschen weg und dabei fällt mir der Karton leider aus der Hand und auf den Boden. Ich sehe mir den Kladderadatsch an, aber er sieht immer noch aus wie eine Torte, nur ein klein bisschen angedetscht und ich finde, das ist nun wirklich nicht so schlimm. Das ist doch ganz normal für eine Torte. Ich streichele den Kater noch fünfzigmal und dann noch fünfmal und dann gehe ich weiter zu unserem Haus, und als ich mich umdrehe, ist er nicht mehr da.

Als ich reinkomme, rennt meine Mutter in ihrer Schürze rum und fragt, wo ich war. Ich sage »Überraschung!«, aber sie sagt, dass sie jetzt nichts für Überraschungen übrighat, denn dass sie da ist, heißt ja nicht, dass ich nicht beim Frühstück helfen muss. Ich soll ganz schnell neuen Kaffee für Herrn Wilde kochen und Herr Schenker braucht noch Wurst. Ich frage »Blutwurst oder Leberwurst« und sie sagt »Teewurst«. Also gehe ich zum Kühlschrank und will Teewurst rausholen, aber da sagt sie, ich muss doch erst das Wasser für den Kaffee aufsetzen und alles muss man hier selber machen. Also setze ich das Wasser in dem lustigen Kessel auf und mache die Pfeife drauf, damit es nachher schön pfeift. Dann warte ich darauf, dass es pfeift und in der Zwischenzeit rennt meine Mutter rum, immer zwischen Frühstücksraum und Küche hin und her. Sie fragt mich, ob ich Herrn Schenker denn nun endlich seine Teewurst gebracht habe und dann gehe ich zum Kühlschrank und hole die Teewurst und bringe sie ihm. Frau Schenker nimmt mich zur Seite und flüstert, wie alt denn meine Mutter wird und ich flüstere 53, aber sie versteht mich nicht gleich, weil es laut ist. Zum Beispiel pfeift der Wasserkessel in der Küche. Also sage ich es noch einmal lauter und jetzt hat sie verstanden. Als ich rausgehen will, fragt Herr Wilde, ob ich ihm noch einen Kaffee bringen kann, und ich sage lässig: »Schon in Arbeit«, denn das Wasser ist ja schon heiß, und dann gehe ich in die Küche, wo meine Mutter auf hundertachtzig ist. Ihr ist gerade die Pfeife an den Kopf geflogen, das macht sie manchmal, wenn der Kessel lange pfeift. Ich will den Kaffee machen, aber sie lässt mich nicht. Ich soll in den Garten gehen und Rasen mähen, bevor ich noch mehr Unheil anrichte.

Also gehe ich in den Garten und hier sieht es ganz schön übel aus. Ich setze mich auf eine der Bänke, die wir gebaut haben, und sehe mir den Ofenrost auf dem Grill an. Alles ist dreckig. Meine Mutter würde das unschön finden, also überlege ich, wie ich den Ofenrost sauber bekomme, um meiner Mutter die Last des Rostputzens abzunehmen. Ich versuche es erst mit ein bisschen Laub, aber davon geht der Speck nicht ab. Vielleicht geht ein Stück Zeitung, also nehme ich ein Stück alte Zeitung aus dem Schuppen. Ein bisschen was geht ab, aber nicht alles. Da muss wohl Wasser ran und gerade möchte ich in die Küche, als mir wieder einfällt, dass ich nicht in die Küche soll, also los zum See. Da sind wieder hundert Kinder und schreien rum. Ich brauche einen Rostputzplatz und gehe mal zu meiner Angelstelle. Dann ziehe ich die Sandalen aus und gehe mit dem Rost in den See, denn ich habe ja kurze Hosen an. Es dauert ganz schön lange, bis der sauber ist, und das ist eine ganz schöne Arbeit mit Wasser und Blättern und Stöcken und allem, aber ich mach das ja gern für meine

Mutter, weil sie Geburtstag hat. Danach bin ich erledigt. Es ist außerdem heiß. Ich lege mich unter einen Baum und den Rost neben mich und mach mal kurz die Augen zu.

Ich träume, dass Herr Wilde an seinem gelben VW Bus lauter weiße Schleifen und weiße Blumen hat und dass er der Bräutigam ist. Er steigt aus, weil an seinem Auspuff lauter klappernde Dosen hängen, die er abmachen will. Da dreht sich seine Braut auf dem Beifahrersitz um und es ist Ursel. Herr Wilde sagt, ich soll mitkommen, weil ich der Trauzeuge bin und da steige ich hinten ein. Wir fahren zu einer Kathedrale und da steht Herr Prodscinski in seinem karierten Hemd und sagt zu mir: »Ich hab gehört, du kommst bald unter die Haube?« Ich sage diesmal nein, aber da gibt es eine Verwechslung und auf einmal hat Herr Prodscinski einen Talar an und sagt, dass Ursel und ich nun Mann und Frau sind. Herr Wilde zuckt die Schultern und sagt, dass ich im richtigen Moment nein sagen muss.

Es ist ein so blöder Traum, dass ich davon wachwerde. Ich überlege, ob ich wieder einschlafen oder aufstehen soll und entscheide mich schließlich für das Aufstehen. Beinahe hätte ich den Ofenrost vergessen, aber dann sehe ich ihn gerade noch rechtzeitig im Gras liegen und nehme ihn mit.

Als ich nach Hause komme, ist meine Mutter immer noch auf hundertachtzig. Sie hat die ganzen Frühstückssachen schon abgewaschen und Kuchenteige angerührt und alles, aber sie findet den Ofenrost nicht. Kann sie ja auch nicht, weil ich ihn ja habe. Sie sagt, er kann sich doch nicht in Luft aufgelöst haben. Ich gebe ihr den sauberen Rost und denke, dass sie sich jetzt bestimmt freut. Tut sie aber nicht. Wäre ich Herr Wilde, würde sie sich jetzt zehnmal bei mir bedanken. Ich bin aber ich, darum sagt sie solche Sachen wie: Warum ich den Rasen nicht gemäht habe und wie es überhaupt im Garten aussieht und warum ich mit dem Rost abhaue, das ist doch Absicht, wo es doch klar ist, dass sie heute Kuchen backen muss und so weiter und so fort. Ich sage, sie muss gar keinen Kuchen backen, denn ich habe ihr eine schöne Torte von Bäcker Fritsche zum Geburtstag gekauft. Der Karton steht auf der Fensterbank in der Sonne. Ich zeige ihn ihr und sie macht ihn auf und guckt ein bisschen gespannt hinein. »Was ist denn damit passiert?«, fragt sie. Ich sage, dass sie vielleicht nicht in der Sonne stehen sollte, denn die 63 sieht etwas durchmischt aus. Also die Torte sieht etwas komisch aus. Meine Mutter sagt »dankeschön, lieb gemeint«, schiebt die Torte in den Kühlschrank und macht ihn zu. Dann reibt sie sich die Augen und backt lauter Kuchen und ich mähe Rasen, aber lasse die Grillstelle so, wie sie ist. Vielleicht wollen wir ja bald mal wieder grillen, war doch schön. Finde ich jedenfalls.

Es ist ganz schön heiß draußen und am liebsten würde ich im See baden gehen, aber das Dumme ist, dass jetzt Geburtstagskaffeetrinken ist. Allemann sind da: Herr und Frau Schenker, Sonja und Kalle, Frau Tränk, Herr Wilde, meine Mutter und ich. Wir sitzen im Frühstücksraum und es gibt viel Kaffee und Limonade und den ganzen Kuchen, den meine Mutter gebacken hat. Meine Mutter bekommt von den Gästen Blumen geschenkt, denn sie liebt ja Blumen. Überall stehen sie herum, diese Rosen, Nelken und Gerbera. Cecilia Tränk kommt erst, als wir alle schon Kuchen auf dem Teller haben. Sie hat ihre Haare zu einem Turm getürmt, bei dem man den Mörtel nicht sehen kann. Deswegen denke ich, das kommt jetzt bestimmt alles runter. Wahrscheinlich weil keine von ihren zwanzig Taschen eine ordentliche Kaffeetasche ist, hat sie ihre Abendtasche unterm Arm. Die macht sie jetzt auf und lässt uns alle reingucken. Dabei hat sie ihren Mund so komisch gespitzt, als wollte sie uns allen einen Antikuss geben, also als wollte sie uns alle zum Mond schießen.

Frau Tränk fragt: »Aber wo sind denn deine fünfzig Mark?«

Cecilia sagt: »Eben.« Dann sagt sie: »Geklaut«, und es geht ein Raunen durch die ganze Gesellschaft.

Geklaut? Das kann doch nicht sein! Und meine Mutter sagt: »Hier in meinem Haus?«

Und Frau Tränk sieht mich an und sagt: »Das ist doch kein Wunder. Ihr Sohn schnüffelt doch überall herum.«

Meine Mutter sagt: »Aber Hubert klaut doch nicht!«, und dann sieht sie mich so an, als ob sie es für möglich hält, dass ich Geld klauen würde.

Jetzt werde ich aber ein bisschen wütend. Ich sage: »Ich arbeite doch bei der Post!«, und will damit natürlich sagen, dass ich selber Geld verdiene und Torten kaufen kann und so, aber Frau Tränk versteht das falsch und sagt, dass ich Urlaub habe und die ganze Zeit hier war und Geld geklaut habe.

Herr Schenker sagt zu Cecilia, dass sich ihre fünfzig Mark schon wieder anfinden werden. Er hätte da mal einen Freund gehabt, der sein gesamtes Geld nicht wiederfinden konnte. Pause. Einhunderttausend Mark!, denn er war ein Erbe, ein Großcousin von Hugo Henkel, auf jeden Fall konnte er sein ganzes Geld nicht mehr finden. Pause. Und als er eines Tages seinen Eisschrank aufmacht, liegt da das ganze Geld. Tiefgefroren, das muss man sich mal vorstellen. Hat dem Geld aber nicht geschadet. Ihr Scheinchen wird sich schon wieder anfinden, und bis dahin braucht sie ihr hübsches Gesicht nicht so zu verziehen.

Da verzieht Frau Schenker ihr Gesicht und Herr Schenker sieht es und fragt: »Alles klärchen?«

Aber sie sagt, nein, es ist wohl besser, abzufahren, wenn hier geklaut wird. Sonja Schenker protestiert, meine Mutter reibt sich die Augen, Herr Wilde tröstet Cecilia, und Tränk-die-alte-Schachtel findet auch, dass sie abreisen sollen und meint damit sich und Cecilia. Ich wäre damit einverstanden, denn das ist doch wirklich die Höhe, dass die behauptet, ich würde hier Geld klauen. Wenn ich es mir recht überlege, würde ich sie am liebsten rauswerfen. Es ist ein ganz schönes Durcheinander, und da klingelt es auch noch an der Tür. Meine Mutter rennt hin und man hört ein großes Hallo und Überraschung und Wie schön! Meine Mutter kommt mit hässlichen Astern zurück in den Frühstücksraum. Hinter ihr tappst Ursel rein, die gar nicht eingeladen ist, und sie hat wieder die Kette um den Hals gewürgt. Woher weiß die überhaupt vom Geburtstagskaffeetrinken. »Hubert«, sagt meine Mutter, »hol doch Ursel ein Gedeck und setz Kaffeewasser auf!« Was soll ich machen. Ich geh also in die Küche und setze den Pfeifkessel auf und hole einen Teller raus. Mir fällt ein, dass ja die Torte noch im Kühlschrank ist und denke, dass ich wohl mal ein Stück für Ursel abschneide. Das Tortenstück sieht zwar ein bisschen angedetscht aus, aber Ursel ist ja nicht verwöhnt.

Als ich endlich mit allem wieder im Frühstücksraum bin, sitzt Ursel neben Herrn Wilde und er ist konzentrisch, irgendwie so, als würde sie sehr interessante Sachen erzählen. Ich stelle ihr die Torte und die Kaffeekanne hin und Herr Wilde schenkt erst ihr und dann sich Kaffee ein. Ursel wird ganz rot im Gesicht. Sie sagt: »Aber Herr Wilde!« und: »Das ist doch nicht nötig, Herr Wilde!« Die ganze Zeit fummelt sie an ihrer Kette rum. Sie isst die Torte anstandslos auf, guckt sie gar nicht an, sondern löffelt sie so in sich rein, während sie rumkichert. Vorsicht, Vorsicht, Ursel, schnell hat man sich verschluckt. Herr Wilde sieht manchmal zu Cecilia und Frau Schenker rüber, ob sie sich ärgern, und ich würde sagen ja. Ich gehe zu Cecilia, um sie ein bisschen zu trösten, aber sie schnellt hoch, als ich mich hinsetze und schreit rum, dass sie nicht neben einem Dieb sitzen möchte. Die spinnt. Tränk-die-alte-Schachtel steht auch auf und Ursel möchte wissen, was los ist, aber niemand sagt es ihr. Herr Wilde sagt jetzt für alle hörbar, dass das nur eine Idee von Frau Tränk ist, und Frau Schenker sagt, dass es aber am wahrscheinlichsten ist und dass die fünfzig Mark fehlen.

Und da gibt es nur eins: abfahren! Ich glaube aber was ganz anderes: Frau Schenker möchte nämlich wegen Herrn Wilde abfahren. Sonja Schenker bockt und sagt »nö!« und Herr Schenker sagt, dass er mal ein Machtwort sprechen muss, sie bleiben nämlich hier und basta und Schlussaus. Frau Tränk findet Herrn Schenker unsolidarisch und Ursel ist ganz unbändig und will von meiner Mutter wissen, ob ich Schulden habe. »Das muss mir doch gesagt werden!«, schreit sie nun auch rum und nicht einmal Herr Wilde kann sie beruhigen. Es ist ein ganz schönes Durcheinander. Meine Mutter schreit jetzt: »Hubert! Was hast du gemacht!«, und ich sage »nichts«, weil ich ja nichts gemacht habe, Mann, das ist doch nicht meine schuld hier. Aber meine Mutter fragt: »Womit habe ich so einen Sohn verdient?«, und ich sage »mit Anislikör«, und da fällt sie auf einmal vom Stuhl und kommt ganz verbogen auf dem Teppich auf.

Ich bekomme einen Riesenschreck und will zu ihr hinlaufen, aber Tränk-die-alte-Schachtel hält mich wieder mit ihren Klauen fest und Herr Wilde kniet sich neben meine Mutter und sagt: »Therese! Kannst du mich hören?«, und die Augenlider meiner Mutter flattern ein bisschen. Frau Schenker rennt zum Telefon an der Rezeption und ruft einen Notarzt. Ursel kniet sich auch zu meiner Mutter und sagt zu ihr, dass sie bei ihr bleibt. Ich versuche, mich aus dem Griff von der Tränk freizumachen und muss mich ganz schön anstrengen. Ich schleudere sie ein bisschen rum und sie fällt hin und lässt mich los. Alle schreien auf und finden mich schlimm, dabei hätte die mich doch nicht festhalten müssen. Ich sage, dass die selber schuld ist und gehe zu meiner Mutter. »Oh Hubert!«, ruft sie und mein Name klingt wie ein Vorwurf. Draußen blitzt es. Meine Mutter sagt: »Du bist doch mein guter Junge! Warum hast du das getan?«, aber ich weiß ja gar nicht was, also sage ich: »Ich hab nichts geklaut!« Sie will, dass ich es hoch und heilig verspreche und das mache ich natürlich. Ist ja kein Problem. Da sagt sie, ich soll ihr noch etwas versprechen, nämlich, dass ich Ursel heirate, wenn sie aus dem Hospital nicht zurückkehrt. Um uns herum sind alle ganz aufgeregt. Ursel sagt: »Nun mach schon!«, und Tränk-die-alte-Schachtel klopft sich ihr Kleid ab und kreischt herum, dass sie abfahren, sofort und ohne Pardon. Und mit dem Idioten hier ist sie noch nicht fertig! Keine Ahnung, wen die meint.

Jetzt kommen zwei Männer mit einer Trage herein, obwohl niemand an der Tür geklingelt hat, und legen meine Mutter darauf. Sie schnallen sie fest. Ursel sagt schnell, dass sie mit ins Krankenhaus fährt und ich sage, nein ich, ich bin der Sohn. Aber Herr und Frau Schenker finden das unvernünftig und Frau Tränk hält mich schon wieder fest und meine Mutter ruft von der Trage aus: »Versprich es mir!«, und ich sage: »Ja, klar, versprochen.« Dann tragen sie meine Mutter raus, wo es jetzt auch noch regnet und Ursel tappst hinterher. Ihr Gesicht sieht aus, als wenn jemand einen Knoten reingemacht hätte. Ich höre noch, wie draußen der Krankenwagen abfährt, ohne Sirene, leider.

Tränk-die-alte-Schachtel rennt die Treppe hoch zu Zimmer 3 und ruft: »Cecilia, packen!«, und Cecilia sieht Herrn Wilde an und beginnt zu weinen. Der nimmt sich noch einen Kaffee und guckt nicht zurück. Da rennt auch sie die Treppe hoch, ihrer Mutter hinterher. Alle Schenkers sind in Zimmer 2, und von da aus hört man sie ganz schön laut diskutieren. Sie wollen wohl alle mal ein Machtwort sprechen und Basta. Ich räume das ganze Kaffeegeschirr ab, außer das von Herrn Wilde, und bringe es in die Küche. Dann will ich die ganzen Tischdecken im Frühstücksraum abnehmen, aber da steht die alte Schachtel an der Rezeption und kreischt »zahlen!« Ich rechne aus, wie lange Tränks da gewesen sind. Ich kann gut rechnen, aber Tränk-die-alte-Schachtel zieht fünfzig Mark ab und sagt:

»Du kannst froh sein, wenn ich die Polizei nicht einschalte.« Dann zeigt sie auf ihren Koffer und sagt, den soll ich zum Auto tragen. Ich bleibe wie angewurzelt stehen und dann mache ich etwas, was ich noch nie gemacht habe, nämlich sagen: »Es fehlen aber noch fünfzig Mark. Her damit und Basta. Sonst rufe ich die Polizei.« Vielleicht sage ich das nur, weil Herr Wilde jetzt aus dem Frühstücksraum kommt und der kann solche Sachen sagen. Tränk-die-alte-Schachtel wird ein bisschen unsicher und nimmt ihren Koffer selber. Von der Treppe kommt nun auch Cecilia mit einem Koffer. Sie heult und Herr Wilde nimmt ihr den Koffer ab und sagt: »Du musst doch nicht traurig sein.« Das sagt er ganz leise und legt ihr sogar den Arm um die Schulter, aber nicht mit dem ganzen Gewicht, denn dann würde sie ja zusammenbrechen. So gehen sie raus in den Regen wie ein Liebespaar und es blitzt und donnert wie verrückt.

Ich gehe auch raus und sehe mir an, wie sie abfahren. Dann drehe ich das Schild um – Zimmer frei – und denke, dass meine Mutter wohl mal die Betten in Zimmer 3 neu beziehen muss. Aber meine Mutter ist ja im Hospital und muss dringend gesund werden. Erstens, weil sie meine Mutter ist, und zweitens, weil ich sonst Ursel heiraten muss – versprochen ist versprochen. Herr Wilde ist vom Regen ein bisschen nass geworden, besonders seine roten Haare, von denen es runtertropft auf sein Gesicht und seine Schultern, aber ohne dass die Tropfen röter wären als bei anderen Menschen. Sonja Schenker taucht jetzt auch irgendwoher auf und sagt zu Herrn Wilde: »Ich will ja nicht petzen.«

Soso, sagt Herr Wilde, was sie denn nicht petzen möchte. Sie zuckt mit ihren dünnen Schultern. »Ist es wegen der fünfzig Mark?«, fragt Herr Wilde und Sonja freut sich, dass er weiterfragt, das sieht man richtig. Sie nickt. Herr Wilde findet das jetzt auch lustig und fragt sie: »Du weißt wohl, wo sie sind?«

Jetzt schüttelt sie den Kopf. Ihre linke Wange hat eine riesige Beule, aber ich glaube, es ist nur ein Bonbon, den sie dort vorübergehend abgelegt hat. »Aber ich weiß, wer sie rausgenommen hat.«

»Oh«, sagt Herr Wilde, »wer denn?«

»Ich hab doch gesagt, dass ich nicht petze«, sagt Sonja.

»Aber es ist doch kein Petzen, sondern es dient der Wahrheitsfindung«, sagt Herr Wilde mit derselben Stimme, mit der er eben Cecilia gesagt hat, sie soll nicht traurig sein. Sonja fällt auch darauf rein und freut sich die ganze Zeit und würde sich längst auf Herrn Wildes Schoß gesetzt haben, wenn wir nicht unter dem Vordach stehen würden. »Hubert wird verdächtigt«, sagt Herr Wilde, »und der war es nicht.«

Sonja sagt: »Ne, war er auch nicht.«

Herr Wilde sagt jetzt etwas, was mich sehr erstaunt, nämlich: »Dann war es wohl Kalle?«, und Sonja nickt so ganz bisschen. Da wäre ich ja nie drauf gekommen. »Dann sag mal Kalle, dass das Geld Hubert gehört; es fehlt in der Kasse.«

Sonja rennt los, um Kalle das zu sagen, und als sie mit ihm wiederkommt, stehen wir immer noch unter dem Vordach und rauchen eine. Also Herr Wilde raucht eine. Kalle schämt sich tunlichst und gibt mir wirklich fünfzig Mark. Herr Wilde sagt zu ihm, dass er es noch seiner Mutter sagen muss, weil ich ja auch habilitiert werden muss. Ich gehe in mein Zimmer und schreibe auf meine schwierige Wörterliste *habilitiert*. Die fünfzig Mark lege ich in die Kasse an der Rezeption.

Am nächsten Morgen ist Frau Schenker beim Frühstück arschfreundlich. Sie sagt, dass wir beide zusammen ins Krankenhaus fahren, damit meine Mutter weiß, dass ich kein Dieb bin. Ich sage, das weiß sie schon. Außerdem komme ich sehr gut mit dem Frühstück klar, denn es sind ja nur Schenkers und Herr Wilde da. Bäcker Fritsche hat einfach achtzehn Brötchen an unsere Tür gehängt, obwohl sie niemand bestellt hat, und so geht alles gut.

Nach dem Frühstück hilft mir Frau Schenker beim Abräumen und sagt, dass sie eigentlich auch nie geglaubt hat, dass ich Geld stehlen würde. Sie sagt, dass ich es gar nicht so leicht habe und dass Ursel bestimmt etwas auf dem Kerbholz hat.

Es sind vier Brötchen übrig. Ich lege sie zurück in die Tüte. Dann ernähre ich meine Goldfische, denn sie müssen noch wachsen.

Über den Himmel ziehen dunkle Wolken, aber es ist trotzdem warm. Herr Wilde fährt mit Herrn Schenker, Sonja und Kalle im VW Bus zum Strand. Frau Schenker und ich fahren ins Hospital. Wir haben ein paar von den Geburtstagsblumen mitgenommen, aber nicht Ursels hässliche Astern, denn die soll sich mal nicht so viel einbilden. Die Fahrt zum Hospital ist nicht sehr lang. Nur vierundzwanzig Minuten. Wir parken auf einem Parkplatz, wo alles betoniert aussieht, und wenn ich sage alles, dann meine ich alles: auch die Mülleimer und die Kästen, in denen Blumen wachsen, die nach Beton riechen. Wir gehen rein und werden über etwa hundert Flure geschickt und nach jedem Flur kommt noch ein Flur und die Geburtstagsblumen lassen schon die Köpfe hängen und denken wohl, dass sie nie ankommen oder wenn, dann völlig betoniert. Dann kommen wir aber endlich auf Station 3 an und eine Frau in Weiß bringt uns ins Zimmer 16. Darin gibt es zwei Betten. Eins ist leer, das andere voll: mit meiner Mutter. In ihrem Arm steckt ein Schlauch. Im Gesicht ist sie blasser und dünner als gestern. Ursel hockt auf einem Stuhl daneben. Sie sieht rosig und doof aus wie immer. Frau Schenker sagt zu ihr: »Seien Sie doch so gut und holen Sie eine Vase für die Blumen!« Da kann Ursel nichts machen und muss eine Vase holen. Wir können uns mit meiner Mutter unterhalten und Frau Schenker fragt sie, wie es ihr geht und dann, dass Kalle das Geld gestohlen hat und sie weiß nicht, wie sie den Jungen in den Griff bekommen soll, und dass sie sich vor Ursel in Acht nehmen soll, denn die führt doch etwas im Schilde.

Meine Mutter ist ganz rührselig, weil ich kein Dieb bin. Sie sagt, sie wusste es. Wegen Ursel sollen wir uns keine Gedanken machen, denn sie hat alles arrangiert und ich habe ja auch schon eingesehen, dass es das Beste ist. Jetzt kann sie ruhig sterben. Also meine Mutter. Sie sagt allen Ernstes, dass sie jetzt ruhig sterben kann. Spinnt die? In meinem Kopf ist alles Mögliche los. Ich frage aber nur: »Wieso denn ausgerechnet sterben?«, und sie sagt, alle Menschen müssen sterben. Deswegen ist das ja so wichtig mit Ursel. Und dass aus mir ein anständiger Junge geworden ist, der kein Dieb ist. Frau Schenker sagt, dass Kalle auch ein anständiger Junge ist, er durchläuft nur gerade eine Phase. Meine Mutter fragt, ob wir morgen noch einmal zu Besuch kommen und ich sage ja. Aber eigentlich will ich hierbleiben. Ich sage also noch: »Ich bleib hier«, und setze mich auf Ursels Stuhl, der noch ein bisschen warm ist, und weil ich das ekelig finde, springe ich wieder auf. Meine Mutter sagt: »Ursel ist ja da und jemand muss sich um die Gäste kümmern«, und das Dumme ist, dass ich auf einmal schon wieder auf dem Betonparkplatz bin. Ich habe die ganzen Flure gar nicht mitbekommen, weil ich immer denke, dass meine Mutter gerade stirbt. Frau Schenker sagt ganz ernst: »Das tut mir wirklich leid, Hubert«, und ich glaub ihr das.

Wir fahren jetzt an den Strand, dahin, wo die anderen sind. Ich stelle meine beiden Füße ins Wasser und bleibe so lange da stehen, bis sie ganz tief eingegraben sind wie ins Moor und dann noch länger, bis sie so kalt sind, dass ich am ganzen Körper bibbere. Sonja Schenker schlägt in der Zwischenzeit hundertmal Rad. Da bleiben natürlich keine Möwen bei uns sitzen, um aufs Meer zu gucken. Kalle wirft mit Sand um sich, den andere Leute abbekommen. Ein Mann regt sich ziemlich auf. Da spricht Herr Schenker ein

Machtwort und Kalle muss aufhören. Die dunklen Wolken sind immer noch da, aber es regnet nicht. Sonja liegt im Sand herum und sagt, dass sie einen Drehwurm hat.

Als wir wieder zu Hause sind, klingelt an der Rezeption das Telefon und ich gehe ran. »Guten Tag, Pension am Kolk, Pension Garni, Flakenort?« Es meldet sich eine Schwester Nele und fragt, ob ich der Sohn bin und dass ich mal lieber kommen soll, weil es meiner Mutter nicht gut geht. Ich sage, dass ich nicht weiß, wie ich hinkommen soll, aber sie sagt, dann soll ich ein Taxi nehmen. Aber ich weiß nicht, wie man ein Taxi nimmt. Da kommt Sonja Schenker aus Zimmer 2 raus. Ich frage sie, wie man ein Taxi nimmt, denn meine Mutter stirbt gerade, aber sie heult rum, weil sie kapiert, dass meine Mutter gerade stirbt. Kalle kippelt auf einem Stuhl in Zimmer 2, weil er mithören will, und fällt um und heult auch und der Stuhl ist hinüber. Es ist alles ein bisschen außer Kontrolle.

Dann kommt es anders: Herr Wilde fährt mich nämlich in seinem gelben VW Bus ins Hospital. Im Bus ist es sehr schön, auch von innen. Herr Wilde und ich parken auf dem Betonparkplatz, der um diese Zeit ganz leer ist. Wir parken ganz nah am Eingang und gehen die ganzen Flure lang bis wir endlich auf Station 3 und in Zimmer 16 ankommen, da sehe ich gleich, dass es mit meiner Mutter zu Ende geht. So etwas sieht man eben. Sogar Ursel macht ein Gesicht wie sieben Tage Regenwetter. Sie sitzt ganz nah bei meiner Mutter und hält ihre Hand und sagt: »Da freuen wir uns aber, dass der Herr Sohn auch nochmal kommt.« Die spinnt. Ich will die aus dem Zimmer raushaben. Ich sage also zu Ursel: »Geh mal kurz raus, ja?«, aber die tut, als hätte sie mich gar nicht gehört. Zum Glück ist Herr Wilde da und der sagt zu Ursel, dass ich jetzt mal mit meiner Mutter allein sein müsste, sie beide könnten ja zusammen in die Cafeteria gehen. Ursel tut so, als würde sie ein bisschen widerstreben, aber eigentlich sieht man, dass sie will. Sie sagt zu meiner Mutter: »Keine Sorge, Therese, ich bin bald wieder da«, und dann haut die endlich ab, die dumme Nuss. Herr Wilde macht die Tür zu.

Meine Mutter sagt, sie ist froh, dass sie mir die Wahrheit gesagt hat mit dem Anislikör und dass Ursel da ist. Ich soll sie gleich mit nach Hause nehmen, weil ja mein Urlaub morgen zu Ende ist und jemand muss das Frühstück machen, denn sie wird jetzt wohl mal sterben und sie hat mich geliebt wie eine Mutter ihren Sohn lieben soll. Und ich sage, dass ich sie auch liebe wie ein Sohn seine Mutter lieben soll und dass sie mal lieber nicht stirbt. Aber sie klappt die Augen zu und atmet noch ein bisschen, und dann hört sie damit auf und ist tot. Ich höre auch sofort mit dem Atmen auf, so erschrocken bin ich. Es ist viel schlimmer, als man sich das so vorstellt, wenn einem die eigene Mutter wegstirbt. Ich atme wieder ein bisschen und schüttele sie, damit sie vielleicht doch weiterlebt. Macht sie aber nicht und da fange ich laut zu heulen an. Oh, wie geht es mir schlecht! Die Frau in Weiß hört das und kommt rein. Sie streicht mir ein bisschen über den Kopf und ich kann gar nicht sagen, wie schön das ist, wenn einem jemand über den Kopf streicht, wenn einem gerade die eigene Mutter mir nichts dir nichts weggestorben ist. Die Frau in Weiß ist genauso dick wie Ursel, aber ich hätte gar nichts dagegen, sie jetzt mit nach Hause zu nehmen, und ich heule noch lauter, weil mir einfällt, dass ich jetzt Ursel mit nach Hause nehmen muss. Versprochen ist versprochen.

Leider kommen Herr Wilde und Ursel aus der Cafeteria zurück. Herr Wilde ist leise und seine roten Haare liegen ganz unbeweglich an seinem Kopf. Ursel ist das Gegenteil: Sie ist ganz wackelig und rot im Gesicht und macht ein Riesentheater. Das stört mich beim Heulen und deswegen sage ich auf einmal:

»Ich will nach Hause.« Es ist komisch, was ich heute für Sachen sage, aber ich habe es wirklich gesagt und Herr Wilde spricht irgendwas mit der Frau in Weiß. Dann gehen wir alle los, also Herr Wilde, Ursel und ich. Herr Wilde fragt Ursel, wo sie wohnt, und sie druckst rum. Sie will an einer Bushaltestelle abgesetzt werden, aber Herr Wilde ist ein Gentleman, deswegen setzt er keine Damen im Dunkeln an Bushaltestellen ab. Es ist nämlich verdammt dunkel, nicht mal ein Stern oder ein Mond am Himmel, nicht mal ein Meteorit. Ursel sagt ihre Adresse und Herr Wilde fährt dorthin. Es ist ein schreckliches Haus in einer schrecklichen Straße. Der Kolk ist der reine Luxus dagegen. Ganz Flakenort ist der reine Luxus dagegen.

Als Herr Wilde und ich in der Pension am Kolk ankommen, ist drinnen auch alles dunkel. Aber die Tür ist wie immer offen. Wir gehen rein und machen das Licht in der Küche und in der Rezeption an, und da liegt ein Umschlag, auf dem steht: *An Hubert.* Also mache ich ihn auf. Es liegt Geld drin und ein kurzer Brief von Frau Schenker, die schreibt, dass sie unter diesen Umständen nicht zur Last fallen wollen und früher abreisen. Sie bezahlen aber für alle vier, nicht nur für drei Wochen und hoffen, dass es im nächsten

Sommer die Pension am Kolk noch gibt. Ich finde das sehr anständig und Herr Wilde findet es auch anständig. Er holt Schnaps und wir trinken in der Küche aus richtigen Gläsern. Je mehr Schnaps ich trinke, desto mehr muss ich heulen. Ich heule, weil meine Mutter plötzlich tot ist und weil ich Ursel heiraten muss und weil wahrscheinlich bald die Polizei kommt, die mir Frau Tränk wegen der fünfzig Mark auf den Hals hetzt, und weil ich keine Ahnung habe, wie es die Pension am Kolk im nächsten Sommer noch geben soll. Schon allein das Frühstück! Ich arbeite doch bei der Post! Da kann ich doch den Gästen nicht morgens das Frühstück bringen. Und Herr Wilde heult auch ein bisschen wegen meiner Mutter und wegen der Frauen allgemein und wegen des Hungers in Afrika. Er sagt, dass er sich das Frühstück selbst macht und ich bin saufroh, dass er das sagt. Denn morgen ist Montag und mein Urlaub vorbei.

Am nächsten Morgen klingelt mein Wecker um vier. Erst weiß ich gar nicht, wer ich bin, bis es mir wieder einfällt. Dann fällt mir ein, dass meine Mutter mir nichts dir nichts gestorben ist und ich mache schnell die Augen wieder zu. Aber mein Wecker ist ja speziell. Nach zehn Minuten kräht er wieder und ich überlege nochmal, wer ich bin und was gestern passiert ist und es ist wieder genau das Gleiche. Wie geht es mir schlecht! Also stehe ich auf und schmiere mir ein Brötchen und setze den Pfeifkessel auf. Ich trinke einen Kaffee. Dann gehe ich durch den Kolk. Eduardos Kater ist da und ich sage ihm auch, was passiert ist, und er ist ganz besonders freundlich zu mir, so ähnlich wie die Frau in Weiß. Der Bus Nummer 14 kommt zwei Minuten zu spät. Bei der Arbeit frage ich nach Urlaub und sage auch, warum, und da bekomme ich gleich noch die ganze Woche frei, bis Ende Juli. Sie sagen, dass ich mich jetzt um alles kümmern muss. Das macht mir ein bisschen Angst, denn ich habe keine Ahnung, was ich machen muss, damit meine Mutter begraben wird und so. Aber bei der Arbeit sagen sie, ich muss einfach anrufen.

Als der Bus Nummer 14 wieder an der Bushaltestelle hält, gehe ich nicht gleich nach Hause, sondern zu Bäcker Fritsche und frage Frau Fritsche, ob sie jetzt jeden Morgen vier Brötchen an die Tür hängen kann. Ich sage auch warum, und Frau Fritsche ist ganz aus dem Häuschen und sagt, ich kann mich jederzeit an sie wenden. Das ist schonmal gut. Dann gehe ich den Kolk runter und Eduardos Kater sitzt da und läuft hinter mir her bis in unser Haus hinein. Herr Wilde ist nicht da, wahrscheinlich am Strand, und deswegen fange ich ganz allein mit dem Anrufen an. Wie geht es mir schlecht! Zuerst rufe ich im Hospital an. Schwester Nele geht ran. Sie sagt mir ein paar Sachen und gibt mir auch die Telefonnummer vom Bestatter Hein. Dann rufe ich Bestatter Hein an und alles ist sehr kompliziert. Er fragt, was es kosten darf, aber woher soll ich das wissen. Danach bin ich erstmal erledigt. Ich bleibe einfach hinter der Rezeption sitzen, lege meinen Kopf auf das Brett und mache die Augen zu. Der anständige Kater von Eduardo legt sich auf mein Ohr rauf, um mich zu trösten. Wir schlafen ein bisschen.

Ich könnte noch lange weiterschlafen und der Kater auch, aber leider klingelt es jetzt an der Tür. Da kriege ich einen Riesenschreck. Erst denke ich, das ist die Polizei und die nehmen mich jetzt mit wegen der fünfzig Mark. Dann denke ich, es ist Ursel, die mich heiraten will und ich darf nicht im richtigen Moment nein sagen. Jetzt höre ich was in der Küche und dann steht Herr Wilde vor mir, der nur aus Quatsch geklingelt hat. Der fragt, was ich da mache, und ich sage, dass ich anrufen muss. Und dass ich nicht weiß, wie teuer es werden darf. Er sagt, dann müssen wir eben mal die Unterlagen suchen und ich bin saufroh, dass er *wir* gesagt hat, denn ich will hier nicht alles alleine machen, Mann.

Herr Wilde geht aber erstmal in Zimmer 1 und fuhrwerkt da herum und ich unterhalte mich solange mit Eduardos Kater und streichle ihn fünfzigmal. Er macht die Augen zu ganz kleinen Schlitzen und ich auch, damit er denkt, ich bin auch ein Kater. Herr Wilde kommt irgendwann die Treppe wieder runter und hat Schnaps dabei. Wir trinken an der Rezeption einen Schnaps und ich soll Rupert und du zu ihm sagen. Daran muss ich mich erstmal gewöhnen. Aber eigentlich ist es ganz normal, weil er ja auch Hubert zu mir sagt.

Dann gehen wir in die Kammer, in der meine Mutter immer geschlafen hat, und wollen nach den Unterlagen suchen. »Testament, Lebensversicherung, Sparbücher«, sagt Herr Wilde, also Rupert. Ich muss mich aber erstmal hinsetzen, denn es ist komisch, hier in diesem Raum zu sein, wo sie noch vor Kurzem eingeschlafen und auch wieder aufgewacht ist. Es liegt auch noch ihre Haarbürste da und es sind echte Haare von ihr drin. Die Kammer ist sonst ordentlich, hier ist nichts Unerledigtes. Nach einer Weile sieht sie aber nicht mehr so ordentlich aus, denn Herr Wilde und ich, also Rupert und ich holen alles aus dem Schrank und blättern in den Sachen rum. Zuerst finden wir die Sparbücher und da stehen Sachen, die nicht so schön sind. Meine Mutter hat nämlich ganz schön viel von dem, was sie gespart hat, an Ursel Schnauder überwiesen. Naja, ist ja klar, wer das ist.

Einmal dreitausend Mark und zwei Wochen später nochmal zweitausend Mark. Was jetzt noch übrig ist, ist ein bisschen wenig zum Erdbestatten. Ich denke, dass Bestatter Hein vielleicht ein Bein aus der Erde rausgucken lässt, wenn das Geld nicht ganz reicht, und finde das unschön. Aber ich könnte wenigstens eine Blumenampel ranhängen. Aber da fällt mir ein, dass ich auch noch ein bisschen was gespart habe und dass in der Kasse an der Rezeption was drin ist, da kann ich meine Mutter doch ganz begraben lassen, bis zum letzten Bein, und die Blumenampel muss woanders hin.

Wir suchen noch ein bisschen rum. Unter der Matratze finden wir eine Schatulle mit Fotos und Briefen drin, und als ich das Bild mit dem gutaussehenden Matrosen sehe, ist mir gleich klar, dass das mein Vater ist, der sieht mir nämlich verdammt ähnlich: genau meine Segelohren. Ich nehme mir vor, ein andermal die Briefe zu lesen, denn das ist mir jetzt wirklich ein bisschen zu viel. Unter der Schatulle liegt noch eine Schatulle und da denke ich, da ist doch bestimmt Schmuck drin, aber es ist Geld, das meine Mutter auch noch gespart hat. Rupert findet in einer Mappe eine Lebensversicherung und er sagt, er macht morgen den ganzen Papierkram, denn es ist ihm wohl auch ein bisschen zu viel. Er findet sogar noch ein Testament und ich sage, dass ich es mir lieber nicht angucke, weil da bestimmt Ursel alles bekommt, auch die Pension am Kolk, aber er liest es und sagt, nein, das Testament ist von 1962 und da steht, dass ich der Alleinerbe bin. Das Wort *Alleinerbe* werde ich auf meine schwierige Wörterliste schreiben, es gefällt mir richtig gut. Rupert sagt, das hätte alles viel schlimmer kommen können, zum Beispiel, wenn meine Mutter lauter Schulden gehabt hätte und so. Er sagt auch, dass ich Ursel nicht heiraten muss und dass die wahrscheinlich längst über alle Berge ist. Wer's glaubt wird selig. Die will bestimmt fett in der Pension am Kolk in Flakenort sitzen und nicht in ihrem schrecklichen Haus in der schrecklichen Straße. Rupert sagt, ich soll mir von dem ganzen Geld aus der Schatulle ein Fahrrad kaufen, damit ich mal an den Strand kann und so, und ich finde, wo er recht hat, hat er recht.

Am nächsten Tag schlafen wir aus und Eduardos Kater schläft in meinem Bett. Jetzt merke ich richtig, was ein echter Freund ist. Rupert macht uns ein Frühstück und dann fahren wir in seinem VW Bus in die Stadt. Vorderhand zu Bestatter Hein. Rupert sagt, es darf nicht teuer sein und immer, wenn Bestatter Hein was Teures verkaufen will, sagt Rupert im richtigen Moment nein. Ich sage ihm, dass es sehr anständig von ihm ist, dass er mir hilft. Danach geht's aber zum Radfachhandel. Ich sehe gleich, dass das blaue Damenfahrrad das schönste ist, es hat eine Ladefläche, aber leider keinen Rückspiegel. Rupert fragt, ob man den noch ranmontieren kann, und kann man, also warten wir ein bisschen draußen und gucken uns die Menschen an. Da tappst zum Beispiel eine Frau mit einem riesengroßen Mann über die Straße und hat eine ganz kleine Handtasche am Arm. Außerdem haben beide Einkaufstüten in den Händen, er in der rechten, sie in der linken, mit den anderen Händen fassen sie sich an. Jetzt sieht Rupert sie auch und sagt: »Die alte Gaunerin.« Oje, das ist ja Ursel! Ich frage Rupert, ob ich Ursel auch heiraten muss, wenn sie gar nicht will, und er sagt, dass das unmöglich ist. »Die Hochzeit ist abgesagt«, sagt er ganz feierlich. Ich glaub das aber erst, wenn ich Beweise habe, denn versprochen ist versprochen.

Das Fahrrad passt gerade so in den Bus, weil der Rückspiegel rauskrakt und im Bus auch schon so Kladderadatsch drinsteht. Während der Fahrt denke ich immer, hoffentlich passiert dem Rad nichts. Zu Hause will ich es meiner Mutter zeigen und dann fällt es mir erst wieder ein: Sie ist mir nichts dir nichts weggestorben! Ich stelle das Rad in die Rezeption und heule ein bisschen. Dann gebe ich mir einen Ruck und rufe wie ein Idiot überall an. Zum Beispiel beim Pfarrer und den Leuten, die zur Beerdigung kommen sollen, also bei Eduardo und Fritsches. Bei Olbrichts geht Vera ran. Sie sagt, dass sie sich jetzt scheiden lassen und deswegen nicht beide zusammen kommen. Ich rufe auch bei Schenkers an und bei den Gästen, die in diesem Jahr noch gar nicht da waren: bei Ehepaar Wundlow und Siegberts. Die fallen alle aus allen Wolken, weil meine Mutter gestorben ist. Prodscinskis sage ich nichts, denn nachher verfrachten die mich in ein Heim und ziehen selbst hier ein, ins Zimmer 1. Ich trinke einen Schnaps und dann rufe ich Ursel an und sage ihr, dass Zimmer 2 und Zimmer 3 gemacht werden müssen, da drin sieht es ja schlimm aus, das muss sie jetzt aber mal sauber machen. Danach können wir uns ja im Kaffeehaus einmal richtig kennenlernen. Aus dem Hörer piept es. Die dumme Nuss hat einfach aufgelegt. Aus der wird nie eine Göttergattin. Wie geht es mir gut!

Rupert sitzt mit der Schreibmaschine meiner Mutter im Frühstücksraum und sagt immerzu unschöne Wörter, weil das alles so bürotaktisch ist. Lauter Formulare. Ich muss was unterschreiben und er sagt mir, dass es für die Lebensversicherung ist und für die Anzeige und ich frage, »welche Anzeige?«, aber er sagt nur, das hat sowieso keine Aussicht. Also frage ich nicht weiter und abends grillen wir draußen und trinken Schnaps. Ich erzähle ihm, dass meine Mutter an allem schuld ist und dass sie Anislikör getrunken hat, und er sagt, dass sie nicht gerade das große Los gezogen hat. Aber immer noch besser als die Mütter in ganz armen Gegenden, die schon beim Kinderkriegen sterben und wenn nicht, dann sterben ihnen die Kinder weg wie nichts. Wir sitzen noch lange da. Im Himmel ist nichts los, wahrscheinlich alles voller Kumunkuluswolken. Die Blumen im Blumenbeet haben die Blüten zugemacht und durch das Gras kriechen ganz langsam die Nacktschnecken. Mir werden die Füße kalt, aber wir bleiben sitzen und trinken noch mehr Schnaps.

Beim Einschlafen sehe ich das Kreuzworträtsel an der Wand kleben und erinnere mich daran, wie das war, mit meiner Mutter zusammen Kreuzworträtsel zu lösen und muss heulen. Oh, wie geht es mir schlecht. Ich schlafe sehr spät ein und dann träume ich von einem gutaussehenden Kapitän, der Lametta an seiner Uniform hat und bei der Beerdigung ganz feierlich meine schwierige Wörterliste vorliest: *vegetarisch, Lebensphilosophie, Alleinerbe, Pointe, Opel Kadett B, tunlichst, Modalitäten, habilitiert, Opportunist, Grabbeigabe, andante ma non troppo.*

Frau Prodscinski steht am Grab und weint, weil sie nun ins Heim muss.

Am Morgen der Beerdigung gucke ich in den Spiegel und da fällt eins gleich auf: Bartstoppeln. Ich mache es erstmal wie Rupert, seife meinen Bart schön ein, bis ich einen weißen Schaumbart habe und aussehe wie Eduardo von nebenan, der nämlich einen weißen Vollbart hat. Dann klingelt es an der Tür. Ich denke mir nichts und gehe zur Tür und erst, als ich die Klinke schon in der Hand habe, fällt mir ein, dass es ja Ursel sein könnte. Deswegen ziehe ich schnell die Latschen für drinnen aus und die Latschen für draußen an, damit ich rausgehen kann und sie nicht reinkommt. Dann mache ich die Tür auf und da steht: Polizei. Jetzt bekomme ich ein bisschen Herzrasen. Wenn die mich jetzt wegen der fünfzig Mark mitnehmen, kann ich nicht zur Beerdigung! Deswegen vergesse ich auch, Guten Tag zu sagen, aber die beiden Polizisten sagen sich gegenseitig Guten Tag, also beide sagen es. Der eine Polizist ist vielleicht so 1,50 Meter groß, der andere 1,60 Meter. Auf jeden Fall ist der eine klein und der andere sehr klein. Beide sind dünn und beide haben braune Haare. Sie sagen, dass sie wegen der Anzeige kommen, und mir fällt die Todesanzeige in der Zeitung ein und sage ihnen, dass die Beerdigung erst um drei ist. Erdbestattung. Sie sehen mich komisch an. Dann fragen sie, ob sie mal reinkommen dürfen. Was soll ich machen, eigentlich nein, aber ich sage ja, weil ich ganz schön Herzrasen habe. Ich ziehe die Latschen für draußen aus und die Latschen für drinnen an und wir gehen in die Küche. Rupert trinkt da gerade einen Kaffee und hat auch so einen weißen Rasierschaumbart. Er sagt dem kleinen und dem sehr kleinen Polizisten Guten Tag und holt das ganze Beweismaterial, also die Briefe und das Foto von Ursel und das Sparbuch mit den Überweisungen. Die Polizisten schreiben alles mit, nicken und sagen, dass sie das alles weiterleiten. Der Schaum am Kinn wird ein bisschen trocken. Es juckt auch ein bisschen. Ich möchte mich gern rasieren, aber leider bietet Rupert dem kleinen und dem sehr kleinen Polizisten Kaffee an. Zum Glück wollen sie keinen. Sie sehen ein bisschen komisch an uns hoch, besonders, wo der Rasierschaum ist, und ich sage ihnen lieber noch, dass wir nachher kultiviert aussehen müssen wegen der Erdbestattung. Sie sagen sehr schnell Auf Wiedersehen und sagen auch noch, wegen Frau Ursel Schnauder sollen wir uns keine Hoffnung machen. Als sie weg sind, fühle ich mich besser, auch ohne Hoffnung. Bis um drei habe ich auch noch irre viel zu tun: rasieren, Anzug abstauben und anziehen, Schachtel von Sonja Schenker anmalen – als Grabbeigabe –, alle Blumen aus dem Blumenbeet abschneiden und auf die Ladefläche vom Fahrrad tun, zum Friedhof fahren. Da ist es schon mal ganz schnell viertel vor drei. Also einen Zahn zugelegt.

Es ist ein sonniger Tag, gar kein richtiger Erdbestattungstag. Als ich den Pfarrer und die ganzen Trauergäste auf dem Friedhof in ihren schwarzen Sachen sehe, fällt mir erst wieder richtig ein, dass meine Mutter tot ist. Rupert steht da und spricht mit Frau Fritsche, die sonst immer weiße Sachen anhat, heute aber schwarze, und Eduardo spricht mit dem Pfarrer. Außerdem ist Bestatter Hein mit seinen Totengräbern gekommen. Ich sehe zur Straße, die man von hier aus gut sehen kann, und habe Angst, dass Ursel vielleicht kommt, aber da fährt nur der Bus Nummer 14 lang. Dann kommt noch ein brauner Opel Kadett B und ich denke noch, den kenne ich doch. Schenkers haben einen Kranz geschickt, der hat eine Schleife, auf der steht *Am Ende des Regenbogens sehen wir uns wieder. In Gedenken an Therese von Rolf, Ingrid, Sonja und Kalle.* Das ist sehr anständig von ihnen. Der Pfarrer hält eine Rede am Grab und spricht ein Gebet, das Eduardo mitmurmelt. Dann bekreuzigen sich der Pfarrer und Eduardo. Wir werfen alle etwas in das Grab hinein: zuerst ich, nämlich Erde und meine Grabbeigabe, also die Schachtel mit was Geheimem drin, dann Rupert Erde und eine Blume von der Ladefläche, Frau Fritsche Erde, Eduardo Erde und auch eine geheime Grabbeigabe und Vera Olbricht Erde und eine weiße Rose. Wo kommt die denn jetzt her? Die ganze Zeit auf dem Friedhof war ich traurig, aber ich habe nicht geheult wie Eduardo und Frau Fritsche, aber jetzt, wo ich mich freue, dass Vera da ist, läuft es mir plötzlich aus den Augen raus wie nicht gescheit. Ich dreh fast durch, weil ich so traurig bin und weil Vera auch gekommen ist. So viel kann ein Mensch ja gar nicht trinken wie heulen. Alle schütteln mir die Hand, um Mein Beileid zu sagen. Rupert sagt nicht viel, sondern klopft mir auf den Oberarm und ich weiß, was er meint, nämlich dass ich ein Mann bin und Mut erforderlich für meine Lage. Und Frau Fritsche heult und sagt, dass Therese immer eine gute Kundin gewesen ist und gerade noch hat sie eine Geburtstagstorte für sie gemacht und es ist unfassbar. Eduardo sagt, Mein Beileid und er hat Therese immer geliebt, ob ich das überhaupt gewusst habe, und ich sage nein. Therese wollte warten, bis ich aus dem Haus bin, sagt Eduardo, aber der Herrgott hat es nicht gewollt und führt sie vielleicht im

Himmel zusammen, denn der Tod trennt und der Tod vereint. Eduardo guckt mir tief in die Augen und mir ist das ein bisschen unangenehm. Also sage ich klar, spricht ja nichts dagegen, und wenn er seinen Kater mal sucht, der ist bestimmt bei mir. Da sagt er, gut, aber nicht füttern. Vera nimmt meine Hand zwischen ihre Hände mit den lackierten Fingernägeln und sagt, dass wir das schon hinkriegen. Ich bin saufroh, dass sie *wir* gesagt hat.

Dann gehen wir alle zu uns, nur nicht Bestatter Hein und seine Totengräber, die das Grab noch zuschaufeln und den Kranz und die ganzen Blumen drauftun müssen, und nur nicht Frau Fritsche, die weiterbacken muss, und nur nicht der Pfarrer, der irgendwohin muss. Aber alle anderen gehen zu uns, und Eduardo biegt kurz vorher in sein Haus ab, weil er seinen Kater füttern muss. Weil es ein sonniger Tag ist, setzen wir uns alle in die Liegestühle im Garten, wo keine einzige Blume mehr ist und sehen uns gegenseitig nicht an. Rupert holt Schnaps und richtige Gläser. Wir trinken ein bisschen was und weil es auch ein warmer Tag ist, erinnere mich gar nicht mehr an so viel. Vor allem weiß ich noch, dass Vera mich fragt, ob sie vorübergehend bleiben darf. Sie kann sich ja um die Gäste kümmern und ich wundere mich noch, weil ja nur Rupert da ist.

Am nächsten Tag werde ich vom Staubsauger wach und gucke mal nach, was da oben los ist. Ich gehe die Treppe hoch und da räumt Vera das Zimmer 3 auf. »Guten Morgen Hubert!«, sagt sie. »Heute kommt Maja Röhn und morgen die Siegberts. Und Mitte August kommt Ehepaar Wundlow für Zimmer 1.« Rupert macht die Tür vom Zimmer 1 auf und ruft ganz heiser nach Kaffee und Aspirin, noch ist er ja da. Und auf einmal wird mir klar, wie alles sein wird. Wir werden Erdbeeren im Garten wachsen lassen und wenn ich Feierabend habe, werde ich Rad fahren und angeln. Und Vera wird hierbleiben, Familienstand geschieden, und Vera Christina Miller heißen. Im Sommer sitzt sie mit Bikini im Liegestuhl, im Winter malert sie Zimmer 1 und 2 und ihre Fingernägel. Es werden immer viele Sommergäste kommen, zum Beispiel die Schenkers, denn die Pension am Kolk wird es nächsten Sommer noch geben. Wir werden die beiden neuen Goldfische in die Entengrütze setzen und allemann für die Freiheit gemacht sein.

Bibliografische Information der Deutschen Nationalbibliothek
Die Deutsche Nationalbibliothek verzeichnet diese Publikation in der Deutschen Nationalbibliografie; detaillierte bibliografische Informationen sind im Internet unter http://dnb.dnb.de abrufbar.

ISBN 978-3-948049-01-0

Gerichtsweg 28 · 04103 Leipzig
www.edition-überland.de

Umschlaggestaltung
André Martini, Leipzig

Herstellerische Beratung und Satz
Phillip Hailperin, Hofmeister Stauder.
Büchermacher, Berlin

Druck und Bindung
Westermann Druck Zwickau GmbH

Printed in Germany